Erzählungen aus dem Nachlaß

Rainer Maria Rilke

Impressum

Autor: Rainer Maria Rilke
Umschlagkonzept: Buchgut, Berlin

Verlag: tredition GmbH, Mittelweg 177, 20148 Hamburg
ISBN: 978-3-8424-1432-7
Printed in Germany

http://www.tredition.de/projekt-gutenberg
http://projekt.gutenberg.de

Dieses Buch entstand durch eine Kooperation von tredition und
Projekt Gutenberg-DE.

Ziel der Kooperation von tredition und dem Projekt Gutenberg-DE
ist es, deutschsprachige Literatur wieder in Buchform verfügbar zu
machen. Die Wiederveröffentlichung einer bestimmten historischen
Ausgabe kann nicht gewährleistet werden. Da die Werke des
Projekt Gutenberg-DE eingescannt und digitalisiert werden, können
etwaige Fehler nicht komplett ausgeschlossen werden. Das Projekt
Gutenberg-DE tut jedoch sein Bestes, um die Werke bestmöglich zu
bearbeiten. Sollten Sie trotzdem einen Fehler finden, bitten wir
diesen zu entschuldigen. Die Rechtschreibung der Originalausgabe
wurde unverändert übernommen. Daher können sich hinsichtlich
der Schreibweise Widersprüche zu der heutigen Rechtschreibung
ergeben.

Das Eine

Die Kleine war eingeschlafen. –

»Endlich« seufzte die junge, blasse Frau, die zuseiten des garn-vergitterten Kinderbettchens saß. Sie faltete die Hände überm Knie und schaute starr mit den großen, grauen Augen ins gelbe Lampen-licht. Es war ganz still in der Stube. – Um so lauter tönten des schlummernden Kindes regelmäßige Athemzüge. Einschläfernd – dachte die Mutter und senkte für einen Augenblick die breiten Li-der. Dann hob sie den Blick und sah im Zimmer umher. – Es war vornehm, aber nicht wohnlich, die hohen Möbel mit den massigen Füßen und verzierten Platten schienen zu neu, die Fenstervorhänge zu kostbar und reich. Alles war kalt, fremd, förmlich; und sie seufz-te wieder.

Wie still es um sie war! Das Kindermädchen hatte sie ins Gesin-dezimmer hinabgeschickt, ihr Gemahl war noch nicht zuhause, und draußen auf der Straße regte sich nichts. Sie waren ja auch mehr denn eine Stunde von der Stadt entfernt und – was hätte ihr denn selbst die Stadt geboten? Hier im einsamen Mühlhof – so nannten die Leute die Villa des Mühlenbesitzers, die den Arbeiterhäusern genüber am Rande des grünen, schlammigen Teiches lag, – hier war es ja so ganz recht für sie.

Sie sann nach wie sie sich heraus gefreut hatte ... damals, ja da-mals ...

Das Kindermädchen trat ein.

Kurz schickte sie sie wieder weg.

Ja, sie wollte allein sein; sie wollte einmal nachdenken, nachden-ken...

Die Magd ging.

Clara stützte das Kinn in die Hand. Ihre Gedanken flogen weit, weit zurück. Bis in die erste Kindheit. Vater, Mutter sah sie; den Vater mit den harten Zügen, den umfurchten Lippen, den tiefen von zahllosen Fältchen umgebenen, farblosen Blick; und die Mutter das gute, kleine, herzliche Wesen mit der ewig zitternden Stimme und den träumerischen tiefbraunen Augen ... beide – tod. Ihre Gedanken wurden trübe: sie sah den Leichenwagen und die schwarzen Männer, und spürte den dumpfig-feuchten Blumenduft und Weihrauch. – Sie schauerte. –

... erst die Mutter, kurz darauf der alte, gebeugte, strenge Mann ...

Das Kind regte sich im Bettchen. Die Mutter aber vernahm es nicht. Wie funkelnde Thurmspitzen aus dem Nebel, so glänzten Ereignisse aus der Kindheit hell zu ihr herüber: der erste Christbaum. – Wie lange hatte man sie darauf vorbereitet, was ein Fest das würde! Sie war sehr fleißig in der Schule – des Christbaums wegen, sie nähte und strickte sich die kleinen Finger halb wund, und las in der Fibel, bis der Vater ärgerlich über das viele, verbrannte Öl die Lampe abdrehte. – Der Christbaum. Das war der Inhalt ihrer Tage, der Traum ihrer Nächte. Dann kams. – Aufgescheuert war die gute Stube mit dem spiegelglatten Fußboden und den steifbeinigen, ernsten Stühlen; und mitten drin das Bäumchen mit Lichtern und Süßigkeiten ... ja, das war eine Freude! – Aber als man sie dann nach zwei Stunden zubette brachte, da lag es ihr drückend auf ihrer kleinen Brust. Weinen hätte sie mögen. Sie fühlte, dass etwas, etwas doch dabei gefehlt hatte, – sie wusste nicht was... Aber eine Leere war im Herzen zurückgeblieben, – und in dieser Leere, dieser Lücke kauerte es – wie eine Enttäuschung.

Sie dachte weiter; so war es bei jedem Spiel, bei jeder Freude gewesen. Lange vorher schilderten Vater und Mutter ihr die Wonnen des bevorstehenden Ereignisses. Wie gut sie lauschte, wie das Herz ihr schlug vor seliger Erwartung. – Und endlich wars dann gekommen und hatte nur Wehmut in Bitterkeit in ihr zu erregen vermocht, nach einem jähen, grellen Aufflackern von toller jubelnder Freude. –

Der Kopf schmerzte sie. Sie hob ihn langsam empor, und löste leise den Haarknoten. Dabei bemerkte sie ihr Bild dort drüben im Spiegel. Sie sah das üppige, braune Haar, die großen Augen... und da fiel ihr ein, dass *die* so ernst seien. Und sie lächelte. Aber das sah sehr müde aus. Da hatte sie einmal doch anders lächeln können. – Der Abend kam ihr in den Sinn vor ihrem ersten Balle.

Damals! »Wir bringen das Opfer, mein Kind«, hatte der Vater gesagt, »obwohl es uns nicht gar leicht fällt. – Wir bringen dir das Opfer.« – Opfer! – Und sie hatte gejubelt. Das leichte Tüllkleid mit den einfachen Blumen schien ihr wie die goldene Robe der Märchenprinzessin. Vor den Spiegel stand sie – stundenlang. – Der Vater schüttelte den Kopf, und die Mutter saß neben ihr und drückte von Zeit zu Zeit das Taschentuch an die verträumten Augen ...

... und sie kam weinend am nächsten Morgen nachhause. Warum? Sie konnte es nicht sagen. – Sie hatte gefallen. Schönheiten hatte sie genug gehört und alle modernen Metaphern der Bewunderung, die aus dem Großstadttreiben in die Provinz gedrungen waren, hätten ihr die Männer zu Füßen gelegt ... und sie? – Ja, sie hatte daran Freude gefunden einen – Augenblick. Später, später war es eben so, wie immer. In ihrer Seele klaffte wieder jener unausfüllbare Spalt. Es fehlte jenes – etwas. Wie hatte sie es denn immer nur als Kind genannt? – – – – das, ... das ... das Eine! ...

Ja, das Eine, das fehlte ihr immer ...

Drei Monde hernach starben die Eltern.

Dann, – dann, sie wusste nicht recht mehr was dann war?

Ja, dann hielt er um sie beim Oheim an, der August; der reiche Mühlenbesitzer um die arme Waise.

»Sie hat Glück« murmelten die Leute und schüttelten die Köpfe.

So ward sie Braut. Dann kam die Hochzeit.

Jetzt wird es sich erfüllen – das Eine. So hatte sie damals geträumt.

Aber vor dem Altar spürte sie Weihrauch und Blumenduft, und es fiel ihr nichts anderes ein, als das Begräbnis ihrer Eltern ... Fünf Minuten später hatte sie »ja« gesagt. Sie war Augusts Weib. –

Hochzeitsmahl: Lachende Menschen, Gläserklirren, Toaste – und was wusste sie was dann ... Sie zog sich bald zurück.

Er folgte ihr – ihr Mann.

Der Thürvorhang rauschte zu. Sie waren allein.

Eine Sekunde war ihr, als müsste jetzt ein grenzenloses Glück aufblühen, als müsste jetzt das Eine ...

Da streifte sein Athem ihr Gesicht; sie fühlte den ekelhaften Dunst von Bier und Wein, sie erschrak vor dem thierischen Blick seiner glänzenden Augen ...

Dann war das Kind ihre ganze Hoffnung. – Wenn das auf der Welt sein würde, dann würde sie ein Wesen haben in dem sie aufgehen und leben könnte ... ja, das ist – was ihr fehlte – dachte sie. –

Das Kind kam. Mit ihm Schmerzen und Umständlichkeiten. Dann das Geschrei und Augusts lächerliche Zärtlichkeiten. – Und jetzt lachte sie wirklich.

Darüber fuhr sie aus ihren Träumen.

Sie schaute umher.

Das Kind hatte sich abgedeckt.

Sie aber rührte sich nicht. –

Da polterte etwas. Ein Wagen donnerte unten in den Flur.

Ein Gedanke durchfuhr sie: August! – Jetzt wird er wieder kommen mit seinen verschwommenen Augen, seiner weintrunkenen Heiterkeit. Aus dem kaufmännischen Casino, wie er sagte. – Wird sie umarmen, küssen und abgeschmackte Witze wiederkäuen. – Es ekelte sie aufeinmal. Sie sprang auf, versperrte die Thür und lauschte. – Ja, jetzt kam er. Sie kannte diese Schritte. Jäh drückte er die Klinke herab, pochte dann; noch einmal; rief sie beim Namen. Dann hörte sie ihn fluchen. – Einen Augenblick wartete er noch. Dann schritt er pfeifend durch das Zimmer, und endlich vernahm sie, wie er schwerfällig die Treppe hinabstieg. Er mochte denken, sie sei eingeschlafen und begab sich in sein Zimmer zu Ruhe.

Sie athmete auf. Die Kehle war ihr trocken. Sie setzte sich wieder auf den Stuhl am Bettrande. Sie hörte, wie im Hofe die Pferde ausgespannt werden. Rohes Schreien, dann Weiberstimmen. – Kichern. – Sie sah nach der Uhr. – Es ging auf 11. So. Jetzt also wieder diese Nacht, und – was dann?

Dann wird es wieder Morgen werden. Sie wird auf das Mädchen läuten. Das Kind waschen und anziehen lassen. Zum Frühstück hinabgehen. Den Haushalt besorgen, dann zum Fenster hinaussehen auf das breite Fabriksdach und den grünen, tiefen Teich; und drüben werden Maschinen ächzen und Menschen schreien wie immer. So nicht nur morgen, so übermorgen, – und alle Tage fort – immer... Ihr schwindelte. Sie schloss die Augen. Sie fühlte diese

Unendlichkeit. Grau war sie. Grau wie ein umgeackertes, weites Feld, auf dem der Herbstnebel liegt.

Das Kind sprach etwas im Schlafe. Jetzt fuhr es auf. »Mama, Mama!«

Clara erhob sich. »Schlaf!« sagte sie kurz.

Sie bemerkte nicht die kleinen Händchen, die sich ihr entgegenstreckten. Die Kleine begann zu weinen.

Die Mutter aber war ans Fenster getreten. Sie schaute in die graue, müde Nacht hinaus. Da lag der Teich stumm und glanzlos; und die Weiden am Ufer waren sehr schwarz. Sie begriff gar nicht, wie etwas so schwarz sein könne...

Das Weinen des Kindes wurde schwächer und löste sich allmählich wieder in regelmäßige Athemzüge auf. Clara sah noch immer hinaus. –

Sollte sie jetzt schlafen gehen?

Eigentlich sehnte sie sich zu schlafen – so recht süß und lange ...

Vielleicht ist der Schlaf das – Eine?..

Und sie schritt im Zimmer auf und ab. Ihr fröstelte. An der Thür blieb sie stehen und horchte. Es war alles still. Sie schloss behutsam auf. Auf der Schwelle schaute sie sich um – ängstlich und scheu.

Dann lief sie hastig durch den Vorraum zur Treppe.

Fern bellte ein Hund.

Sie schrak zusammen und – wartete. – Nichts. –

Jetzt tappte sie unwillkürlich die dunkle Treppe hinab – leise, leise ...

Wie dunkel das war!

Aber auf einmal musste sie lächeln.

Jetzt wusste sie, was das Eine war – das Eine ...

*

Und sie ging in den Mühlteich. – – –

*

Ende. –

Der Rath Horn

Hatte einen alten Großoheim. Der wusste wunderlich zu erzählen. Wenn ich bei ihm saß in seiner hohen, wohlgescheuerten Stube, wo die steifbeinigen Rundstühle so gemüthlich um den großen glattgebohnten Tisch standen, und mächtige Bücherreihen so ernst von den Wänden niederschauten, da ermüdete er nicht zu erzählen und zu plaudern. Oft waren es schnurrige tolle Erlebnisse mit unmöglichen Situationen, öfter aber noch gar unheimliche spukhafte Geschichten, die der Ohm mit so geheimnisvoller Stimme kundthat, dass mir, dem lauschenden Jungen, ein kalter Schauer über den Rücken rieselte und ich mich gar nicht umzusehen traute in dem dämmerigen weiten Zimmer. Mehr aber noch als alle diese Geisterlebnisse hat mich immer eine Geschichte interessiert und ergriffen. Oft und oft musste mir der alte Herr dieselbe wiedererzählen. – Ich weiß sie heute noch, und will sie ganz in der Art, wie er sie darzustellen pflegte, wiedergeben:

*

War ein Bub' noch ein dummer Dreikäsehoch und Naseweis. Da lebte in unserer Stadt ein alter Herr. Täglich konnte man ihn sehen. Um die dritte Stunde des Nachmittags begann er immer seinen Spaziergang unter den Lauben des Ringplatzes. Er trug einen verschossen langgeschößelten Rock mit sehr hohem Kragen und eine schwarze steife Halsbinde. Den Hut hatte er tief in die Stirne gedrückt; die linke Hand ließ er stetig am Rücken ruhen, während die Rechte krampfhaft ein gelbes Rohr hielt, dessen goldenen Knopf er beständig an die dünnen Lippen presste. Er schien Niemanden zu bemerken und erwiderte selten die Grüße, die ihm allenthalben dargebracht wurden. Die ihm begegneten, raunten einander zu: der Rath Horn, – der Rath Horn.

Das war aber auch Alles, was sie von ihm wussten – höchstens noch, dass er draußen am Ende des Städtchens in einem einsamen grauen Häuschen wohnte und dass eine Matrone, die ebenfalls ewig unverändert aussah, ihm die Wirtschaft führte. Seit Menschengedenken lebte er in M... – Wo er sich den Titel Rath erworben und als Mitglied welcher Körperschaft er ihn führte – konnte niemand angeben. – Man munkelte allerlei von Verrücktheit ... aber das war ja Unsinn. Kurz er war einfach der Rath Horn, Kaspar Horn. –

Wir Burschen begegneten ihm täglich; wir verließen gerade die Schule, wenn er seinen täglichen Gang abhaspelte. Ich zählte etwa 16 Jahre und meine Genossen wenig darüber oder darunter. Aber sie waren alle rechte Kinder! Sie standen nicht ab, den stillen alten Mann durch Lächerlichkeiten und dumme Hohnworte zu kränken. Anfangs war auch ich dabei. Nach und nach aber flößte mir das Wesen des Rathes eine so ehrfurchtsvolle Scheu ein, dass ich, wenn ich seiner gewahr wurde, mich von den Gefährten trennte, an der Straßenecke stehen blieb, und wenn jener vorüber schritt, eiligst und tief meine Mütze zog. Natürlich sah mich Herr Horn meistens nicht. Eines Nachmittages aber, als ich meinen Gruß besonders auffallend wiederholte, wandte er mir wie erschrocken den Kopf zu, senkte ein wenig sein Rohr zum Danke und ging wieder seines Weges. Ich aber war stolz und glücklich. – Ein Schwärmer, wie ich damals war, das Herz voller Spuckgeschichten und Abenteuerlust, fand bald so viel Gefallen an dieser sonderbaren Persönlichkeit, dass ich mit einer über mein Alter hinausgehenden Entschlossenheit mir vornahm, dem Rathe zu folgen und nicht zu ruhen, bis ich etwas mehr über sein Leben und Schicksal wüsste. Dass das eigentlich eine Vermessenheit sei und überdies nicht gar leicht, fiel mir nicht bei.

Plan ward That. Tag für Tag schritt ich hinter dem alten Herren einher. Immer hoffte ich und fürchtete zugleich, er würde sich umsehen, mich erblicken und ausfragen. Nichts dergleichen jedoch geschah. Der Rath ging in derselben Weise wie auf dem Ringe, den Stock an den Lippen, fort, vor seinem Hause blieb er plötzlich stehen, öffnete die kleine Türe, schlüpfte durch einen Spalt hinein – und im nächsten Augenblicke hörte ich, wie der Schlüssel sich im Schloss stöhnend umwälzte. Krach! Und ich stand vor der verschlossenen Türe.

Schon verzweifelte ich trotz all meiner jugendlichen Hoffnungsfreudigkeit an meinem Unternehmen, als ein günstiger Zufall mir unerwartet zu Hilfe kam.

Es war ein schlimmer Herbsttag. Die Luft war grau, der Gangsteig glänzte und der Wind peitschte einen dünnen Sprühregen her und hin. Herr Horn kam wie immer. Ich folgte ihm nach, wie immer. Schon war er nah seinem Hause, und ich überlegte halb trotzig, halb missmutig, dass dies das letzte Mal gewesen sein sollte, dass ich diesen aussichtslosen Spaziergang unternommen hätte.

Da fühlte ich einen jähen Windstoß, – und im nächsten Augenblick kollerte etwas Schwarzes mit wirbelnden Ungestüm an mir vorbei. Ich blickte auf. Rath Horn stand kaum zwei Schritte vor mir – ohne Hut in arger Verzweifelung. Der Sturm hatte ihm den alten Cylinder geraubt. – Ich war schnell entschlossen hinterher auf der Jagd. Lang musste ich laufen, die ganze Allee zurück – bis endlich der Flüchtling heftig an einen Baum anrollte und so den bedeutenden Vorsprung, den er erlangt hatte – rasch einbüßte.

Mit fliegendem Athem, hochrothen Wangen, voll Hast und Freude rannte ich zurück zu dem alten Herrn. Dieser nahm seinen Hut ganz wie wenn das alles selbstverständlich wäre in Empfang, stülpte ihn, ihn vorn und hinten drückend, auf sein graues Haar, strich mir leise mit der Hand über das Gesicht, sagte mit weicher Stimme: »Danke, mein gutes Kind!« machte kehrt und schritt den Stock an die Lippen haltend seinem Heim zu. –

Ich zitterte vor Wuth und Enttäuschung. – Ich lief nachhaus und weiß noch, dass ich einen großen Teil der Nacht in mein Kissen weinte, bis mich die Ermattung übermannte. So sehr es mich auch am kommenden Nachmittage wieder hinauslockte, ich blieb standhaft und folgte dem Undankbaren nicht. –

Etwa 3 Tage waren darüber gegangen. Da ging ich eines Tages ganz in Gedanken von unserer Lateinschule heim, – und als ich an einer Ecke aufblickte, wer stand – vor mir? – Rath Horn. –

Ehe ich noch recht wusste, was ich tun sollte, sagte er leise und legte mir dabei die Hand auf die Schulter:

»Ich habe mich erkundigt, – du bist ein braves Kind – komm! –«

Ich folgte. Das Herz schlug mir laut vor Freude und Furcht.

Auf dem Wege sprachen wir kein Wort.

Wir betraten schweigend sein Haus.

Mein Schritt gellte so laut auf den rothen Ziegelfliesen des Flures, dass ich zusammenzuckte. – Der Vorraum, in den wir jetzt kamen, war dunkel. Große schwere Kästen hoben sich in ungewissen Umrissen von der grauen Wand ab und warfen riesige schwarze Schatten. Umso freundlicher war das Stübchen, das wir jetzt betraten. – Blumen standen auf dem breiten Fensterbrett. Hart davor ein kleines Tischchen. Dann ringsum Schränke mit Büchern, verstaubte Stahlstiche hinter glatten Gläsern und hohe Stöße von Schriften und Zeitungen auf den blendend weißen Dielen. – Der Rath ließ mich setzen. Mit Staunen ward ich gewahr, dass in dieser Umgebung sein mürrisch ernstes Wesen verändert sei. Sein Auge ward hell und beweglich, seine Stimme rein und anheimelnd. Ich musste ihm erzählen, das und dies; und ich plauderte dann auch tüchtig drauflos; die Erfüllung dieses schon fast aufgegebenen Wunsches versetzte mich in die heiterste Laune und löste mir die Zunge.

Das schien ihm zu gefallen. Er rückte näher an mich heran, klopfte mir gar lieb auf die Wange und brachte mir schöne Bilder zum ansehen und auch einen Teller süßer Naschereien. Beglückt und enttäuscht zugleich schied ich nach vier Stunden von ihm. Beglückt durch diese entzückende wohlwollende Freundlichkeit – aber enttäuscht durch das heitere und offene Wesen des Mannes, in dessen Innern mein abenteuerlustiger Sinn furchtbare, dunkle Geheimnisse vermutet hatte.

Meine Besuche wurden immer häufiger. Schließlich suchte ich jede Woche dreimal meinen lieben Gönner auf; seine alte Dienerin sah ich nie. Wir saßen immer allein beisammen in derselben Stube und sprachen über gar Manches. Er fand mich sehr verständig für mein Alter und sagte mir dies unverhohlen heraus. Aber so schlau ich es auch anstellte, so leise und behutsam ich darauf hinlenkte, Näheres über das Schicksal, das ihn so menschenfeindlich gemacht, zu erfahren – mein Bemühen blieb erfolglos. So oft er ein derartiges Bestreben bemerkte, brach er jäh ab, nahm ein Buch vor, oder füllte mir den Mund so mit Süßigkeiten, dass ich notwendig schweigen musste.

Herbst und Winter waren also vergangen. Der Frühling sandte seine ersten Boten über Land, und die Bäume vor des Rathes Fenstern begannen kleine grüne Knöspchen zu treiben. – Ich wiederholte nach wie vor meine Besuche, und es war mir immer mehr offenbar geworden, dass mein väterlicher Freund über ganz bedeutende

Kenntnisse verfügte, da er meiner frischen Schulweisheit, die ich mit dem Stolz eines vorzüglichen Lateinschülers auskramte, stets eine durch männliche Erfahrung gefestigte, stattliche Ansicht gegenüberstellte. – Einmal, als die junge sieghafte Sonne besonders hell durch die schneeweißen Gardinen guckte, legte mir der Rath wieder die Hand auf die Schulter – und sagte zögernd:

»Nun, – und was möchtest denn du werden, Paul?«

Ich überlegte nicht lange.

Ich hatte mich in der Lateinstunde gerade an Horatius' herrlichen Oden begeistert und rief daher lachend:

»Ein Dichter möcht' ich werden, – ein Dichter – wie Horatius wie...«

Das Wort erstarb mir auf den Lippen.

Ich erkannte den alten Mann vor mir kaum wieder.

Sein Antlitz war aschfahl geworden, seine Lippen zuckten und in seinen Augen tauchte tief ein namenloser Schmerz auf. Er zog seine Hand, die ich beben fühlte, rasch zurück und strich sich ein paarmal über die bleiche Stirne. –

Mir lief es kalt durch die Glieder.

Ich wäre am liebsten aufgesprungen und davon geeilt.

Aber ich wusste auch, jetzt stünde ich dicht vor der Stelle, wo das Geheimnis, dem ich nachzuspüren gewagt hatte, vergraben lag.

So blieb ich denn. In den Gliedern glaubte ich Bleischwere zu empfinden. Ich starrte den Rath unverwandt an.

Wie er jetzt matt die zitternde Hand von der Stirne gleiten ließ, erschrak ich, wie greisenhaft diese Züge in den wenigen Minuten geworden waren. – Herr Horn sah so aus, wie ich mir einen Toten – (gesehen hatte ich noch keinen) vorstellte. Die Augen waren irr und blickten ziellos in die Weite, die Wangen schienen eingefallen und unter dem Jochbein kauerten graue Schatten. Er schwieg.

Ich regte mich nicht.

Mählich nur schien wieder Leben in ihn zu kommen.

Er setzte sich mühsam zu recht und sagte dann sehr leise:

»Ich weiß, du hast mich gern. Du sollst es wissen, was bisher niemand erfahren hat.«

Und hastig, als fürchtete er in seinem Entschlusse wankend zu werden, fuhr der Rath fort:

»Ich war auf der Lateinschule – wie du. Begeistert von den alten Dichtern, war dein Wunsch – der meine! Dichter zu werden. Und das Schicksal war mir hold. Ich schrieb Lieder, die gelobt und gesungen wurden; und als ich auf der Universität von Halle meinen Doctor machte, setzte man große Hoffnungen auf mich. Das erste Werk, das ich veröffentlicht hatte, – kleine Geschichten warens – fand Beifall – und mein Glück schien fast zu groß werden zu wollen, als ich in Leipzig, nachdem ich eine bedeutendere Stellung errungen hatte, ein schönes blühendes Mädchen kennen lernte – und sie zu meiner Braut machen durfte. Ich war selig. – Aber der Götter Neid überraschte mich jäh in meinem Jubel. Meine Irmgard fiel einer tückischen Krankheit zum Opfer, kurz vor unserer Vermählung, und mir blieb nichts als die Erinnerung an den süßen, kurzen Liebestraum. Man fürchtete damals für meinen Verstand. – Mit Gewalt riss man mich weg von der blumenbelasteten Truhe, in der das Licht meines Lebens für ewig versenkt war. – Ich floh aus Leipzig fort, weil dort überall die Erinnerung klebte und wohnte in einem einsamen Häuschen hoch im Gebirge. Der wütende wogende Schmerz ebbte allmählich, und es blieb jene stumme Wehmut zurück, aus der die Bilder der Vergangenheit hold und verklärt auftauchen, wie segnende Wassergeister dem schweigenden Waldsee in duftschwülen Sommernächten entschweben...«

Er stützte das Haupt in die Hand und ließ die letzten Worte langsam und träumerisch verklingen.

Dann sprach er weiter:

»So lebte ich – einsam und still. Aber in dieser Einsamkeit ward ein großer Gedanke wach in meiner Brust:

Ich wollte Irmgarden ein ewig unvergängliches Denkmal setzen – in einem Dichtungswerke in einer gigantischen Riesenschöpfung. Die Welt sollte staunen und beben vor diesem Werke, beben vor heiliger Ehrfurcht und banger Bewunderung.

Feuereifer beseelte mich.

Tag und Nacht schrieb ich.

Die Begeisterung riss mich fort. Ich fühlte, was ich leistete, war übermenschlich, war unsterblich. – Ich erschrak selbst vor dem Feuer, das meinen Worten entlohte und das zünden musste – zünden – und einen Brand entfachen, einen namenlosen Brand, der über die ganze Welt hinzüngelte und Alles einäschern sollte, was niedrig, was gemein und elend ist! O, ich fühlte Kraft in mir. Kraft, Hünenkraft, die Axe der Welt zu fassen, sie still zu zwingen, zu zwingen...«

Sein Wort ging pfeifend aus.

Seine Wangen waren roth geworden, er rang nach Athem.

Erschöpft fiel er im Lehnstuhl zurück.

Dann begann er tonlos und matt:

»Ich *hab's* vollbracht. – Sieben Jahre hindurch habe ich in der Einsamkeit der Hütte emsig und im Feuer einer tödlichen Begeisterung geschaffen. Das Werk war ungeheuerlich geworden. Eine wuchtige Keule für alles Schlechte. Da war mehr drin als Menschenkraft...

Es war Frühjahr. Just wie heute. Ich hatte den letzten Strich gemacht. Ich fühlte keine Mattigkeit, wenn auch meine Augen verschwollen waren und meine Rechte starr. Ich kniete hin und küsste mein Werk. Ich betete zu meinem Werke; denn ich wusste, dass es göttlich war.

Dann nahm ich Hut und Mantel. Zum ersten Male seit Jahren wollte ich wieder weiter feldein streifen, mich stärken und erfrischen. Und welchen Genuss hauchte diese blaue Lenzluft in meine Seele; tief sog ich sie ein, und es kam über mich wie ein wonniger, tröstender Traum. Das Eis des Kummers, das meine Gefühle seit dem Tode der Geliebten gebannt hatte, schmolz – und ein seliges, unbeschreibliches Empfinden glutete in mir. Ich jauchzte wie ein Kind, folgte den Faltern, pflückte Blüten und schaute den sprudelnden Quellen zu, die talwärts sprangen. So leicht war mir der Fuß, so frei der Blick, wie ich es nie noch empfunden zu haben vermeinte. Stundenlang strich ich waldein – und als ich umkehrte, lag schon die Weihe des Abends auf den wogenden Feldern ...«

Der Rath schwieg wieder und senkte das Haupt. Plötzlich sah er auf – er packte mich jäh bei der Schulter.

»Ich komme zurück, meine Hütte – brennt!« Er schrie diese Worte, dass ich zitterte. »... brennt! ...« wiederholte jener, als sähe er eben noch das Entsetzliche vor seinen Augen.

»Hineinstürzen, retten! ... Trümmer, Fetzen, Balken ... nichts, nichts.« Thränen erstickten ihm die Stimme. Er schlug die Hände vors Gesicht und brach in ein wildes, schluchzendes Weinen aus.

Mir schnürte es das Herz zusammen.

»Herr Horn, Herr Horn« – stammelte ich – Onkel, wie ich ihm sonst sagte, getraute ich mich nicht ihn in diesem Augenblicke zu nennen, – »Gott – – und Sie haben nicht wieder aufgeschrieben? ...«

Ich bereute diese Frage.

Er sah auf: –

»Den Inhalt Ihres Werkes? ...«

Sein Auge war groß und glanzlos, seine Züge waren hart und verzerrt, als er murmelte: »Ich weiß nicht, was es enthielt ... ich weiß nicht!«

Fassungslos und fragend schaute ich dem armen Mann in die Augen.

»Nein« – ächzte er – »nein, der Schrecken, der plötzlich, – alle Erinnerung ist fort ... Alles ... Tag und Nacht sinne ich ... Tag und Nacht. Dort siehst du, Paul«, – er wurde ruhiger – »dort auf dem kleinen Tischchen liegt immer Papier und Feder – und oft erfasst es mich, als müsste jetzt alles wieder auftauchen ... Nein, nein – nie mehr«, und er lachte, dass ich zusammenschrak.

Er aber füllte mir die Taschen mit Naschereien und schickte mich fort. Ich ging ungern; ich hätte ihn so gerne trösten mögen – aber wie? Auf dem Flur zögerte ich eine Secunde. – Da, da vernahm ich durch die Türe wieder jenes schluchzende, herztötende Weinen und von plötzlicher Furcht ergriffen eilte ich aus dem grauen Hause und drückte die Thüre fest hinter mir zu. Das Weinen aber vernahm ich die kommenden Nächte oft im Schlafe, und ich legte mich dann immer rasch auf die andere Seite. Es war so entsetzlich.

In dem Verkehre mit meinem alten Freunde änderte sich dagegen nichts. Er war wieder der lächelnde, gutmütige, freundliche Mann. Nie sprachen wir von der Vergangenheit. Ich scheute es, eine Wunde zu berühren, für die ich ja doch keinen Balsam wusste, und er dankte mir diese zarte Rücksicht mit reichlichen Aufmerksamkeiten und Wohlthaten. Ich hatte ihn sehr lieb gewonnen, den Rath; und ich war ihm doppelt zugetan, weil zu dem Gefühle der Sympathie sich noch der Stolz gesellte, der einzige Vertraute seines schrecklichen Schmerzes zu sein.

Es war im Herbst. – Ich betrat wieder das gewohnte düstere Häuschen, und erschrak heftig, als mir diesmal nicht wie sonst Herr Horn, sondern die alte Dienerin öffnete. – Er sei ein wenig unwohl, brummte sie auf meine Frage. Sie war mir nicht besonders hold, weil ein großer Theil der Gunst, die sie früher allein genießen durfte, auf mich übergegangen war.

Der Rath lag zu Bette und sah recht bleich aus.

Er versuchte zu lächeln.

Es gelang ihm schlecht. Er klagte über heftige Schmerzen in allen Gliedern. Der Arzt schüttelte den Kopf.

Tage gingen hin. Es trat keine Besserung ein. Ich erschien pünktlich täglich um 4 Uhr nachmittags, saß an seinem Bette, las ihm vor oder erzählte Geschichten, die drolligsten, die ich wusste, um ihn zum Lachen zu bringen. – Das gelang freilich selten.

Eines Nachmittages aber, als ich ihn aufsuchte, lehnte er aufrecht in den Kissen und schien viel frischer. Er scherzte wohl auch; und als ich ihn des Abends verließ, hatte ich die Überzeugung, dass mein guter Gönner sicher bald genesen würde.

Herbe Täuschung! Am nächsten Morgen war ich eben auf dem Wege zur Schule, als ich die alte Wirtschafterin des Rathes scheinbar aufgeregt daher trippeln sah.

Mir ahnte Böses.

Lang stammelte das Weib Unverständliches unter ewigem Schluchzen und Schlucken – endlich brachte sie es hervor:

»Jesus Maria, – er stirbt.« ...

Ich stürmte hinauf.

Der Doctor saß mit sehr ernstem Gesicht am Bettfuße. Er winkte mir zu, leise zu gehen. Ich machte ihm ein Zeichen mit den Augen, er wippte kaum merklich die Schultern.

Ich war trostlos. Kaum wagte ich zu atmen.

In bebender Spannung betrachtete ich das abgezehrte Gesicht in den weißen Kissen – diese faltigen Hände, die nur hie und da leise zuckten...

Da – plötzlich setzte sich der Rath rasch in den Kissen auf. Sein Auge glühte – seine Lippen bebten...

»Ich weiß es« – jubelte er.

Und ehe es der Arzt hindern konnte, sprang er mit jugendlichem Ungestüm aus den Decken und stürzte zu dem Tischchen, wo die weißen Bogen lagen.

Wir, starr vor Staunen, folgten nicht so gleich.

Ein leises Röcheln machte uns beben.

Wir sprangen herzu.

Der Rath lehnte weit zurückgeneigt mit geschlossenen Augen im Armstuhl. Auf seinen Zügen glänzte ein glückseliges Lächeln, die Hand hing schlaff herab, die Feder war ihr entfallen.

Der Arzt beugte sich über den Greis.

Er horchte. Ich kniete zur Seite.

Der Doctor seufzte auf. Dann sagte er leise: »Amen«.

Auf dem weißen Bogen aber war der Anfang eines Buchstabens verzerrt und unkenntlich und dann ein verlaufender harter Strich quer über die ganze Fläche. –

*

Damit schloss mein Ohm und fuhr sich mit dem Taschentuch über die Stirne. –

Mir aber standen die Thränen in den Augen.

*

Das war die Geschichte vom Rath Horn.

Der Dreiklang

Alle Welt hatte den Kopf geschüttelt damals als Dr. M... die achtzehnjährige Baronesse zum Weibe genommen. – »Thut nicht gut« hatten kluge Leute gemunkelt. Er an die sechzig und – sie?...

Ob sie damals Recht hatten, diese Klugen?

Lange sprach niemand mehr darüber. Die Vermählung des greisen Schriftstellers ward vollzogen und die bösen Zungen kamen umso früher zu Ruhe, zumal sich M... mit seiner Adda aus dem Bannkreise der lästigen Beobachtung auf ein kleines Landgut zurückgezogen hatte.

Heute war sein Name wieder in Aller Munde. Ein neues Stück M's, sollte abends im Residenztheater über die Bretter gehen. Große Anzeigen leuchteten an den Ecken. Der Name des Autors hatte guten Klang, und das Haus versprach übervoll zu werden.

Die Klügsten der Klugen aber standen schon am Vormittage an den Ecken beisammen und riethen her und hin, was man nach dem Titel von dem Drama zu erwarten hätte. Der war sonderbar genug:

»Der Dreiklang«

stand in ungeheuren schwarzen Lettern über dem Personenverzeichnisse. Und erst die Personen! Er, sie, ein Hausfreund...

Ja, die Klugen sind halt überaus scharfsichtig.

*

Zweiter Act, dritte Scene:

Der Gatte: ... und du liebst ihn, Irma?

Sie: (Gattin): offen – ja!

Er: Gut, dass du so offen bist.

Sie: Du verdienst es; belügen werde ich dich nie!

Er: Diese Wahrheit schmerzt. Freilich – ich hätte bedenken sollen, als ich dich heiratete: du bist jung und – ich...

Sie: Nicht doch. – Du handeltest damals ganz recht. Ich will mich nicht von dir lossagen; ich vermöchte es nicht; – denn... denn... ich *(zögernd)* ich schätze – dich.

Er: Mein Kind...

Sie: Du sagtest mir oft: Ich könnte nicht ohne Dich sein, Irma; du verstehst mich; du bist mir geistig ebenbürtig.

Er: Du *bist* es

Sie: Wohl – nun höre: Lass mich geistig dein Weib sein – geistig – begreifst du? – – – und meinen Leib ...

Er:*(entsetzt)* Irma!

Sie: Was erschrickst du? Ich gebe Dir mein besseres Theil.

Er:*(bebend)* Irma!

Sie:*(ohne aufzuhorchen)* Den Geist, das Göttliche, Ewige Dir, Mann, Dir!

Er:*(zögernd)* und jenem?

Sie: Die sündige, eitle Lust, der der Ekel folgt auf den Fersen...

Er: Mir schaudert vor dir.

Sie:*(Näher tretend)* Freund, mein Gedanke ist groß. Wie viel Elend, wie viel geheimer Frevel würde aus der Welt schwinden, wenn alle ihn zu denken imstande wären.

Er: Nein, Weib, du sprichst im Wahn – *(steigernd)* entweder bist du mein mit Leib und Seele mein, – *(schreiend)* mein! ...

Sie:*(kalt)* Bezähme Dich!

Er: Aber...

Sie: Ich hielt Dich für größer. So bist auch du, du den Europa zu den Leuchten des Wissens zählt, von dieser läppischen Kleinlichkeit befangen, die Geist und Körper immer auf einen Rahmen spannt? Dass ich dir doch die Augen öffnen könnte!

Er:*(sieht sie starr an)*

Sie: Ha, ich sehe du fühlst die gigantische Wucht meines Riesenplanes.

Er:(*macht eine Gegenbewegung*)

Sie: Ich weiß was du sagen willst. Dies Verhältnis ist gegen die Natur. Nichtwahr, das schwebte Dir auf den Lippen?

Wie kurzsichtig du bist! Thor bei all deiner Weisheit. Blick hinaus! Dem einen Strauche hat die Natur bloß Blüten gegeben, holde, keusche, duftige Triebe; – bei anderen fallen die Blumenblättchen bald ab und es drängt die brutale, sinnliche Frucht hervor. – Ist es im Leben anders? Den Einen, den großen, ewig-keuschen Kindern, den Künstlern, sollen nur Blüten zu eigen sein. Geistige Keime nur, unsterbliche Triebe sollen in ihrer reinen Seele entstehen und sich emporheben in ein sonniges, seliges Dasein. Dem thierischen Gezücht aber, dem kommt die Frucht zu, die gemeine berauschende Frucht. Kind du! Mit den großen, träumerischen Augen, in denen tausend Ideale schimmern – weißhaariges Kind, du erträgst ihn ja gar nicht den zerstörenden, wüthenden Brand der sinnlichen Liebe.

Er: (nachdenklich) Vielleicht ... aber warum kannst du, die du mir ebenbürtig bist im Geiste nicht auch wie ich so... so...

Sie: So geistig – willst du sagen – ausharren? Warum? Weil das Weib ein Doppelwesen ist von Natur göttlich und hündisch zugleich. – Unsere Seele bleibt rein, wenn die süße Begierde im Feuer der Sünde schmilzt, und das grässliche Gift der berückenden Lust besudelt nicht den Geist des schwachen, bebenden Weibes. Zu geilem Genuss hat die Natur uns gemacht, aber die eigene Kraft verlieh uns die bessere Seele.

Das Weib ist ein Buch, Bibelsprüche stehen drin, aber der Einband ist mit den Farben der Sünde bemalt. Hast du denn in keinem der tausend Bücher die du gelesen und wieder gelesen Aufklärung gefunden über dieses Doppelding, dieses Zwitterwesen?

Er: Wenn dem so wäre?

Sie: Zweifelst du noch? Es ist so. – <u>Mein Geist</u> haftet an <u>Deinem</u>, ein unsichtbares Moospflänzchen am riesigen Stamme, mein <u>Leib</u>, mein vergängliches Leben an jenem jungen, glutäugigen Tollkopf.

Er: Aber Irma – ich liebe Dich...

Sie: ... und weil du mich liebst, musst du mich begreifen.

Er: ... Gott!

Sie: Denn weil du mich liebst, darfst du mich nicht tödten, – und du tödtest mich – wenn ...

Er: (kleinlaut) Aber geistig, geistig bist du – mein!

Sie: (mit Pathos) Immer! – So bist du gut, so erkenn ich den Weisen, der erhaben steht über dieser verblendeten Welt! Dank! Das wird ein göttliches Dasein! Du, er, ich – zwischen euch beiden – dein und ihm gehörig an der Schwelle zweier Welten: hier Licht, dort Dunkel; hier Weisheit, dort Verblendung! – Du – Halbgott! – ich und jener ein unbeschreiblicher Bund. Alle Triebe, die das Leben durchpulsen feindlich und zürnend – in uns versöhnt in einem weltendurchtönenden, dröhnenden, herrlichen Dreiklang!...

*

Applaus, Applaus, Applaus! –

»Neu, herrlich, kraftvoll ...« allgemeines Urtheil.

Die Klugen aber munkelten in den Couloirs: »Sonderbar, sonderbar dieses Stück!«

»Und hast du gesehen« – flüsterte ein junger Mann laut genug – wie bleich M... war, wie greisenhaft; wie leer und glanzlos seine Augen. Adda dagegen das reine Leben. Sie kümmerte sich wenig um ihn, aber sie sprach unablässig nach rückwärts – und lachte.« Im Hintergrunde der Loge war ein junger Mann gesessen. Niemand kannte ihn.

»Sonderbar, sonderbar.«

Und die Gruppen lösten sich.

*

Am nächsten Morgen brachten die Tagesblätter lange Besprechungen über M's Drama. Auf der letzten Seite des Hauptblattes aber war in gesperrten Lettern zu lesen:

»Wie uns eben von S. telephonirt wird, ist der große M. heute nachts einem Schlaganfalle erlegen. Diese jähe Trauerkunde wird allenthalben Schrecken und Theilnahme hervorrufen. Die Ärzte, welche nurmehr den Tod des greisen Meisters constatiren konnten, meinten, dass gerade die freudige Erregung des gestrigen Abends dem Verewigten gefährlich geworden. Wie wir vernehmen blieb

M... nach der Vorstellung noch im Kreise seiner Familie bis gegen Mitternacht und sprach freudig über den Erfolg seines Werkes; wer hätte geahnt, dass es sein letztes sein werde – »Der Dreiklang«. –

*

Ende.

Was toben die Heiden? ...

(Psalm II.)

Die frühe Dämmerung des Märzabends lastete auf den Straßen der Vorstadt. Das kalte, graue Zwielicht ließ die schmutzigen Façaden der hohen Wohnkasernen noch widerlicher erscheinen, und hie und da beleuchtete schon eine trübe Laterne den kothigen Gangsteig. Aus den Gewölben der Krämer, die ihre Waren unordentlich vor der Thüre ihres Ladens aufgestellt oder aufgehangen hatten, stieg ein feuchter dumpfiger Geruch, der vor jedem Verkaufsraum – je nach der Art der feilgebotenen Dinge wechselte oder in einen anderen zerfloss. – Halbnackte Kinder spielten in schmutzigen, zerfetzten Hemden vor den Hausthüren, und schleppten an Schnüren unförmige Holzstücke hinter sich her, die die Rolle von Pferdchen vertreten mussten, während die etwas älteren Buben den keilspitzen Kreisel mit kleinen Peitschen unter ekelhaftem Geschrei bis in die Mitte der Straße schleuderten. Mitten dazwischen fuhren schwere Lastwagen, mit Eisenschienen beladen, mit zwei Paar elenden Pferden bespannt, rollten müde Droschken dahin, – und hie und da wand sich der protzenhafte Privatwagen eines Emporkömmlings durch, der von seiner Fabrik in die behagliche Stadtwohnung zurückkehrte. Das Rasseln und Dröhnen der Fahrzeuge, das Johlen der Fuhrleute übertönten sehr dumpfe Schläge vom Thurme der Marienkirche. – Und jetzt erklangen von allen Seiten in schrillem Misston die gellenden Farbrikspfeifen, welche den Feierabend verkündeten. Von allen Seiten drängte es jetzt heraus aus den schwarzen Thoren, wo die langen russigen Gänge, aus den rückwärtsliegenden Arbeitshäusern mündeten. Da quoll es hervor, jenes arme, enterbte Geschlecht, dessen dunkles Dasein zwischen Elend und Gemeinheit sich fortquält. Männer, Weiber, halbwüchsige Knaben und Dirnen in den leeren Augen und den auf schwülstigen Lippen den Ausdruck stumpfer Brutalität, unbewussten, geduldigen Elends. Nur auf mancher Männerlippe der höhnische Trotz – halb erloschen – hoffnungslos. – Die Burschen mit den schwarzen Gesichtern mischten sich unter die Dirnen, die in langer Reihe den ganzen Gangsteig einnahmen und stießen sie unter rohen Scherzen her und hin. Die älteren Weiber gingen meist zu zweit, – und die Männer folgten theils allein, theils in Gruppen. Einer unter ihnen hielt ein zerknittertes Zeitungsblatt in der Hand, und schien heftig gestikulierend seiner Umgebung den Inhalt eines Artikels zu erklären. Einige bogen in die abzweigenden Gassen ein und ein großer Theil verlor sich in den Branntweinschenken. –

Indessen war es ganz finster geworden. Die Gaslampen warfen ihr müdes Licht auf die Gassen und jede zeichnete auf dem Boden einen ungewissen verschwommenen Kreis. Ein Windstoß machte die Scheiben der Laternen erklirren, und die Flammen zuckten unstät. – Es begann zu regnen.

*

Durch eine der einsamsten engen Seitengassen schritt eilig ein Arbeiter. Den Kopf etwas zur Erde geneigt setzte er schwer die Füße auf das unregelmäßige Steinpflaster so, dass die leere Gasse davon widerhallte. Die erloschene Pfeife hielt er im Munde, ohne dass er zu bemerken schien, dass der Knaster nicht brannte. Der Schein einer Laterne huschte über sein Gesicht. Es war sehr ernst. Die Augen starr und ausdruckslos, die Lippen fest zusammengekniffen. Der Weg schien ihm lange. Von Minute zu Minute beschleunigte er seinen Gang. Endlich stand er still. Einen Augenblick holte er Athem. Dann betrat er den engen finsteren Thorweg eines vierstöckigen schmalen Vorstadthauses. Ohne auf eine dicke Frau zu achten, die aus der Thür tretend eine Frage an ihn stellte, stieg er, indem er immer 2 Stufen nahm rastlos 4 Treppen aufwärts. Im Vorraum angelangt, schob er die Kinder beiseite, welche den Eingang zu einer der dort mündenden 3 Thüren besetzt hatten und trat ein. –

Es war eine kleine dumpfige Stube. Auf einem niedrigen Bett lag ein Weib. Die rohe Kotze war bis an das Kinn hinaufgezogen. Der Kopf mit den müden, verglasten, blauumränderten Augen kraftlos auf dem rothgestreiften Kissen zur Seite gesunken. Die eine Hand war in dem wirren schwarzen Haar vergraben, während die andere krampfhaft und zuckend die Decke zusammenballte und abwechselnd wieder losließ. Um die schmalen, farblosen Lippen schlich ein Zug unsäglichen Leidens und unter den weithervorstehenden Jochbeinen schien der Tod zu kauern. – Der Mann neigte sich zu ihr nieder. »Anna«, flüsterte er weich. – Die Kranke sah ihn groß an. Es lag etwas fremdes, weltfernes in diesem Blick, das ihn erschauern machte. Sie versuchte zu lächeln. Aber nur ein schmerzliches Zucken entstellte die Lippen, dann trat eine starre, regungslose Ruhe in die verhärmten Züge. Der Lichterschein, der aus dem Fenster, das jenseits des schmalen Lichthofes – auf Schrittweite lag, herüberfiel, erhellte den ärmlichen Raum hinlänglich. – Er enthielt nichts, als das breite niedere Bett – einen elenden Stuhl und einen Herd dessen schmutzig graue Kacheln lange keine Wärme ausgestrahlt hatten. – Während der Mann sich seufzend auf dem Stuhl neben dem Weibe niederließ, traten die Kinder leise ein. Marie ein Mädchen von etwan 14 Jahren, das kleine zweijährige Brüderchen auf dem Arme. Sie setzte sich auf den Herd, und ließ den Kleinen mit den harten Brotkrumen spielen, die auf der rostigen Platte lagen.

Der Vater bemerkte sie nicht. Er hielt die linke Hand des Weibes in der seinen, während die Rechte den Kopf stützte. Er dachte und dachte. Nicht geordnet, wirr und gespensterhaft zog die Vergangenheit durch seine Seele. Er liebte dieses Weib. – Das wusste er. Es war *sein* Weib. Freilich vor der Kirche nicht und vorm Pfarrer. Aber vor seinem Herzen und vor den – Kindern. Jahrelang lebte er mit ihr. Sie war treu. Sie hatte für ihn gesorgt, ihm Kinder geschenkt und ... seine Gedanken verwirrten sich. – Er wusste nur, dass sie jetzt krank war, todkrank, wie der Arzt sagte. – Die Kranke rührte sich – er fuhr empor. Sie stammelte einige unverständliche Worte. Sie sprach im Fieber. – Alles war wieder still. – Hie und da lachte der Kleine wenn es ihm gelungen war aus dem harten Brote ein Thor herzustellen. Vom Hof herauf scholl das Kreischen weiblicher Stimmen. Stille. – Er hörte die raschen, pfeifenden Athemzüge seines Weibes. – Und er hob den Kopf und blickte sie an. Der Lichtstrahl von drüben fiel just auf ihr Gesicht. Er sah sie wieder jung, frisch, gesund; und heiße sinnliche Liebe erwachte in ihm. Sein Auge lohte. Er drückte die Hand der Todtkranken so fest, dass diese mit leisem Wehruf den Kopf auf die andere Seite wandte.

Sie musste leben! – Ja warum war sie denn dem Tode verfallen? – Sagte der Arzt nicht selbst kräftige Nahrung ... Die dunklen Brauen des Mannes zogen sich dicht zusammen. Weil er ein Bettler war, musste sie sterben. – Nein – das sollte nicht geschehen. – Jetzt vernahm er alles auf einmal. Die ermahnende Stimme des Arztes, das Drohen des Hausherrn, der ihn aus dem Hause jagen wollte, wenn er nicht sofort bezahlte, dazwischen das Ächzen der Kranken und den Jammer der Kinder, die Hunger hatten ... Das brach die Kraft des Mannes. Er ließ die Hand des Weibes los und sank starr in sich zusammen. – Aber nur für einen Augenblick. Dann richtete er sich empor. – Gilt *ein* Leben nicht soviel wie das andere? – Liegt es nicht noch in seiner Macht das theure Weib zu retten? Er braucht sich ja nur Geld zu schaffen ... Da draußen, das entlegene Comptoire seines Chefs ... Nur der alte Josef schläft dort im Vorraum – Der alte Cadaver leistet keinen Widerstand ...

Er zuckte jäh zusammen. War das Mord? Und sein Blick fiel auf das in furchtbaren Schmerzen sich krümmende Weib, das eben die Augen aufschlug – so flehend, so hilfesuchend. Er riss sich empor. – Es musste geschehen so oder so – Leben für Leben.

Rauh hieß er die Kinder sich an das Bett der Mutter setzen. – Dann trat er nahe an den Herd. Machte sich dort mit den Flaschen und Töpfen zu thun, und steckte unbemerkt ein scharfes Messer ein. Ein langes, zweischneidiges. Ein anderes ließ er auf dem Rande der Herdplatte liegen. – Die Sperrhaken und verschiedenartigen Schlüssel, so wie einige scharfe Instrumente trug er noch unter seinem Rock im Arbeitssack. Sonderbar, er hatte heute mehr Werkzeuge mit nach Hause genommen, als er sonst pflegte. – Jetzt trat er noch einmal an das Bett. Beugte sich nieder und drückte einen langen Kuss auf die bleiche Stirn der Mutter, küsste auch Marie und hieß sie den Kleinen neben die Mutter betten. Dann ging er. – Es war neun Uhr. – Im ersten Stockwerk nur brannte ein mattes Licht, so dass es oben ganz dunkel war im Stiegenhause. – Vor der Thür blieb er noch einmal stehen. Tiefe Stille. – Da aufeinmal hörte er Mariechen, und das Lallen des Kleinen dazwischen:

»Vater unser, der du bist in dem ...«

Eilig stieg er die enge Treppe hinab. –

II.

Mählich lichtete sich die Nacht. – Ein leichter röthlicher Dämmerschein spielte um die hohen, schwarzen Dächer. – In den Straßen aber war es noch dunkel. Nur aus den Milchläden fiel das rothe Gaslicht auf den Gangsteig und zeichnete dort einen lichten Kegel. Hie und da rollte ein linnenüberspannter Bauernwagen vorüber, der Waren für den Markt führte. Die Leute darauf hatten dicke Tücher um Hals und Ohren gezogen. Der Morgen war kalt. – Auch dem Manne schien zu frieren, der in der Mitte der Straße so eilig weiterhastete. Er hielt beide Hände in den Taschen und wich den Wenigen, die des Weges kamen, – in großem Bogen aus. Von Zeit zu Zeit blieb er stehn und schaute sich um. Es war ihm als wankte ein alter Mann schreiend hinter ihm her eine weite klaffende Wunde in der Brust mit großen, blutigen Augen im halb zerschmetterten Schädel. – Aber es war nur sein eigener Schatten, der ihm selbst bei jeder Bewegung ängstlich auswich. – Und er stand wieder. – War das nicht eine Blutspur was da hinter ihm herlief und so dunkel glänzte. Er zitterte. Er bückte sich, tauchte den Finger in die Wagenspur und führte ihn nah an die Augen. Es war fahler, grauer Straßenkoth. Da kam ihms zum Lachen. Danach beschleunigte er seine Schritte noch mehr. Jetzt – jetzt hörte er hinter sich laufen. Sein Herz schlug nicht mehr. Er hielt den Athem an. Er musste sich am nächsten Laternenpfahl halten. Jetzt knapp hinter ihm – Jetzt … Ein Bäckerbube trollte vorüber – »Bissel flott gezecht, Freunderl! Wie?« rief er dem Wankenden zu und verschwand in der nächsten Seitengasse. – Der Mann aber raffte sich auf, und ging weiter. Er schleppte sich kaum. Es war ihm als ging er nun schon viele, viele Jahre so fort. Was vorher war, das wusste er nicht. – Da klirrte das Geld in seiner Tasche – eilig drückte er die Hand darauf. Er wusste es doch. Aber er wollte schweigen davon. Es war nicht schön zu denken. – Er spürte ihn noch in der Nase, diesen Geruch, von dem Schweiße des alten Mannes – von dem frischen Blute …

Da wurde schon eine Apotheke aufgemacht. Er ging hinein. Von dem starken Weine von dem Spanischen möcht' er. Der verschlafene Lehrling achtet nicht auf den Mann. Er geht das Verlangte holen. Dem Arbeiter aber scheint es, als habe er in einem fort seine rechte Hand betrachtet. Da richtig – ein kleines Fleckchen – braunroth auf dem Hemdärmel. Er steckte ihn tief unter den Rock – … tief … Aber da war es ihm, als wüchse die grobe Leinwand innen von neuem über der Hand hervor und darauf ein Fleck so groß – – – so groß. Der Lehrling gähnte und nannte den Preis, während er die Flasche, sie in den Händen drehend, in ein rothes Papier einschlug. Der Mann bezahlte. Seine Hand zitterte, es war blankes, blankes Silber. – Ohne Gruß ging er.

Endlich war er beim Hause. Das Thor war noch verschlossen. Er öffnete mit dem großen Schlüssel mühsam und ängstlich. – Die schwere Thür fiel hinter ihm jäh in's Schloss. Der Hausmeister, der zufällig über den Gang schritt, sah den Mann misstrauisch an und murmelte etwas von – Gesindel. – Der aber war schon athemlos im vierten Stockwerke angelangt. – Mariechen stand auf der Schwelle und weinte: »Vater«, rief sie ihm entgegen, »Vater ich fürcht mich. – ... D'Mutter, d'Mutter ...«

Der Unglückliche ahnte Alles. Er stürzte ans Bett. Da lag sein Weib starr und still. Die Augen waren weit, weit offen, aber verschwommen und ohne Ausdruck. Die blauen Lippen halb geöffnet, als wollte sie Luft schöpfen oder reden ... Die Hände so kalt, ... er begann sie zu reiben, zu rütteln ... Alles, Alles umsonst. Da übermannte ihn eine Wuth, eine Verzweiflung, er warf das blanke Geld auf die grauen Dielen dass es dröhnte und Marie erschrocken zur Seite sprang. Der Kleine aber erwachte, zupfte an der Decke der Mutter, und als diese still blieb, begann er zu lächeln, in die Händchen zu schlagen, und hatte seine Freude an den hellen, glänzenden Silberstücken, die da auf dem Boden so toll durcheinanderkollerten. Der Vater aber war über dem todten Weibe zusammengebrochen. – Mariechen wagte sich nicht zu rühren, und das Bübchen war zufrieden mit dem neuen Spielzeug.

Endlich richtete der Mann sich auf. Er schickte die Kinder fort. Sie sollten in den Hof gehen und nicht kommen, bis er sie riefe. – Als die beiden aber schon an der Thüre waren, rief er sie zurück. Küsste das Mädchen oft auf die blasse Stirn, und herzte auch den Kleinen bis dieser, ob der ungewohnten Liebkosung in Thränen ausbrach. – Jetzt hieß er sie gehen.

Ächzend stand er auf, ging zur Thür und verriegelte sie von Innen. – Dann legte er den Rock ab, – setzte sich auf den Bettrand zu seinem todten Weib und verharrte eine Weile regungslos. Jetzt begann er nochmals die kalten Glieder zu reiben und auf die bleichen, gespannten Lippen zu hauchen. Und ihm war, als stiege eine leichte Röthe in die eingefallenen Wangen. In fieberhafter Hast holte er die Flasche mit dem Weine, brach ihr den Hals an der Sessellehne, und flößte aus der hohlen Hand einige Tropfen den klaffenden Lippen ein. Aber es füllte sich nur die Mundhöhle und dann floss der dickflüssige rothe Trank der Todten über das bleiche, spitzige Kinn. – Da schien es ihm es wäre Blut! Er warf die Flasche von sich. Hat er auch dieses Weib gemordet? *Sein* Weib? – Ein Schauer schüttelte die nervigen Glieder. –

Er glitt vom Bettrand herab – und sank vor einem alten verblichenen Christusbilde – dem einzigen im Zimmer – auf die Knie. – Er hob die breiten, braunen Hände hoch über den Kopf. Seine Lippen zitterten. Vielleicht betete er. Aber laut schrie er nur: Jesus Maria! –

Es war indessen ganz Tag geworden. Er erhob sich. – Er wankte ein paar Mal in der Stube umher; dann trat er an das Fenster. Graue, leichte Wolken deckten den Himmel, da und dort aber blickte ein Stückchen blasses Blau hervor. – Er wandte sich jäh um, trat an den Herd. Dort lag noch das Messer, jenes zweite. – Er setzte sich auf den Rand der Platte. – Die Augen weit in die Ferne gerichtet, leer und gleichgültig; er fasste die Klinge. Langsam durchschnitt er die Pulsadern. – Keine Muskel zuckte in seinem fahlen Antlitz. – Dann bemerkte er das Blut. Das Blut, das von seinen Handgelenken niederrann. – Er fürchtete dieses Blut. Er wollte ihm entfliehn. Er sprang auf. Aber schon an dem Bette seines Weibes sank er kraftlos nieder. Quer über sie lag er. Langsam aber reichlich quoll das rothe Blut unter den Hemdärmeln hervor und versickerte in dem rohen Leinen des Bettuches.

Durchs Fenster aber blickte die kalte Märzsonne. Ein Strahl verirrte sich in die Stube und spielte wie ein glückseliges Lächeln um die Lippen der Todten. Im Treppenhause dröhnten schwere Schritte und klirrten Säbel.

Aus dem Hofe aber scholl leise Mariechens helle Kinderstimme, die das heute so früh gestörte Brüderchen einwiegte:

> Schlaf, schlaf fein sacht...
> Schutzenglein wacht!...

Silberne Schlangen

Ein Nachtstück

Durch den schwarzen, ragenden Wald geht leise die einsame blaue Mittsommernacht. –

Silber streut sie auf den wurzelgeäderten Pfad.

Leise flüstert sie. Sie erzählt den bebenden Blüten Märchen von Frieden und Glück. Und ihre Stimme klingt in dem heimlichen Rauschen der Zweige hold wie die Kirchenglocken im Dörfchen am Sonntag.

Die Blumen lauschen berauscht.

Sie heben die hangenden Häupter und schauen so dankbar der Nacht in das ernste blaue Auge...

Und die Vögel rütteln im Schlaf sich und fühlen den Segen der stillen traumstreuenden Göttin...

Stille rings ...

So still wie das winzige Herz ist des schuldlosen helläugigen Kindes, so stille weitet sich jetzt die unendliche nächtige Welt ...

Da – aber durchschneidet den Wald ein mächtiger grauer Erdwall.

Hin über den scheidenden Damm schleichen zwei gleißende Schlangen.

Bald glimmen sie auf in blauem, heimlichen Lichte, bald tauchen sie wieder in Dämmern die langen, ringelnden Leiber...

*

Ach, es ist, als sollten die Schlangen den Frieden zerstören...

Fern verlieren sie sich – fern im Dunkel der Mondnacht...

*

Aus dem Walde tritt ein Mann.

Verzweiflung zerrt an seinen Mienen.

Schweigend sieht er den Bahndamm auf und nieder.

Schweigend hebt er den Blick zum Himmel.

Alles vorbei! Alles!

Jetzt will, jetzt kann er nicht mehr leben.

Zwei haben sie ihm heute zu Grabe getragen: Sein Weib und seine Hoffnung.

Beide sind sie tod.

Freilich, noch eine Mutter lebt ihm; die aber kennt ihn nicht mehr.

Er hat sie gekränkt; gegen ihren Willen ein Weib genommen ...

Nein, die Mutter – kennt ihn nicht...

Niemand hat er. Niemand...

Denn er hat sich selbst nicht mehr.

Hat sich – verloren und ist – verdorben...

... Und ihn friert in der blauen kosenden Sommernacht.

Gut...

So mag denn das Leben...

O, er kennts – zu gut ... das Jenseits aber das ist das große, graue Geheimnis.

Den Schlüssel dazu trägt der Tod.

Leicht gibt er ihn nicht her.

Umarmen muss man ihn, den kalten, stummen Gesellen.

So fest umarmen, dass das Blut in den eigenen Adern gefriert bei der Berührung.

So fest dass das Herz stehen bleibt mit zuckendem Riss...

So fest ...

Der Mann hat sich quer über die Schienen gelegt.

Mag nur niemand kommen. Jedes Geräusch das der Wind in den wogenden Wipfeln erregt, macht ihn beben: Nur *jetzt* niemand.

... und recht bald mag es herankommen das harte eiserne Riesen-ungethüm und ihn zermalmen. Zerreißen, zerreißen und die zu-ckenden Fetzen an diese Bäume schleudern, dass sie dort hangen bleiben und das niederträufende Blut die Thale überschwemmt, die weiten, schlummernden Thale.

Wollust war ihm diesen Gedanken zu denken.

Er denkt ihn wieder und wieder.

Er sieht wie das Blut roth und rauchend sich in sein Dörfchen er-gießt in die stillen, reinlichen Gassen ... Ha, wie sie schrein, – weil sie sehen, dass die alte lächelnde Heuchelei von Frieden und Glück ersaufen muss in der brandenden, brodelnden Blutfluth.

Die Wuth rüttelt ihn...

Dann vergehn ihm die Sinne.

Ein Falter legt ihm im Fluge sein surrendes Summen ins Ohr...

Jetzt kommts von ferne, denkt er; der Zug! Der Zug. Seine Seele jubelt.

Unter der Brust faltet er die Hände:

»Vater unser, der du bist in dem Himmel ...«

Wielang er so nicht gebetet hat ... die Worte verwirren sich ihm.

Von Neuem beginnt er: Vater unser ...

Und nocheinmal hebt er an. Nein, auch das ist vergessen. – – –

Aber er liegt ja wohl Jahrhunderte schon hier. Endlos däucht ihn die Zeit. Die Mondnacht zählt keine Minuten. Zeitlos wie das Nichts und ohne Bewegung lastet sie über der Welt ... So lange, lange. Er seufzt.

Die Arme schmerzen ihn. Er löst die gefalteten Finger. Beten kann er ja doch nicht.

Jetzt kommt es über ihn so still, so schwer.

Die Augenlieder drücken wie Blei ... wie Blei, ... wie Blei ...

Er schläft. –

Träume.

Er ist noch ein Kind. Krank; im Fieber. Im Eisenbettchen wirft es ihn hin und her. Er liegt doch im Eisenbettchen? – Er greift ... ja er fühlt ja den kühlen Eisenstab am Rande ...

Mutter ist ja bei ihm. Wie gut sie ihm zuspricht. In Arzenei reicht: Nimm, Kind ... und Limonade ... so, halt dich still! – Deck dich gut, gut zu. Ah – wie warm das ist ... besser, viel besser ...

Mutter küsst ihn ... küsst ihn ...

Mutter! Er schreit es ... erwacht ...

Jäher Schreck durchzuckt ihn ...

Wo, wo – – – ist er ... da der matte blaue Himmel ... der Damm, die Schienen ... alles fällt ihm bei ...

Da braust nicht etwas. Dort, – ja ein rothes Licht – flimmert durch die Nacht ...

Um Gott – nicht sterben.

Zur Mutter, zur alten, guten Mutter ...

Weg, – weg – aber die Glieder sind ja lahm.

Da kaum dreißig Schritte noch ... wie das braust ...

Alle Kraft auf ... auf!

Gelungen! ...

Aber nein, die Schiene ist glatt – – er fällt ... auf, Mutter! auf!

Da – da Brausen... Tosen... so laut...

Lichtschimmer –... auf!...

Gott!... Brausen... Brausen...

Hilfe! Mu... tter...

Leise geht durch den schwarzen ragenden Wald die einsame blaue Mittsommernacht.

Silber streut sie auf den wurzelgeäderten Pfad.

Sie schweigt. Die Blumen träumen Träume von Frieden und Glück.

Grau durchschneidet den Wald ein steiler ragender Erdwall.

Hin über den scheidenden Damm schleichen zwei gleißende Schlangen. Bald glimmen sie auf in blauem, heimlichen Lichte, bald tauchen sie wieder in Dämmern die langen, ringelnden Leiber...

Aber – wehe sie haben den Frieden zerstört.

Zwischen den Schlangen da liegt ihre grausige Beute.

Formlos zerfetzt ein dunkler, blutiger Körper...

Und Blut träuft über den Damm roth in die schweigenden Thale...

»To«

»Ich hab's immer g'sagt, daß es so ein End' nehmen wird,« zeterte eine Alte am Friedhofsthor. »Was ist ihm denn eigentlich g'schehn, dem Tonio?« »Was ihm g'schehen ist?« fuhr die Alte den jungen Fragesteller an »das wißt's nicht? Ein Säufer war er. Jeden Tag haben's ihn im Graben aufg'funden, den... Na, und jetzt hat er endlich g'nug g'habt. 's hat ihm den Rest 'geben, dem Lumpen. Ein Weib und ein kleines Kind hat er zurückg'lassen. Wird ihnen just nicht gut gehn. – Geschieht ihr recht, der Ann'. Wärs lieber z'haus blieben, hats den Saufer-Tonio heiraten müssen, hat's ja längst g'wußt, was er für einer... Pst! Pst!...« unterbrach sie ihren Redestrom und wies mit dem knochigen Finger auf ein blasses jugendliches Weib, das eben aus dem Kirchhofthor trat. »Das ist sie, die Ann'«, fügte sie leise hinzu. Die Witwe drehte sich im Augenblicke um und nahm das Kind, einen etwa fünfjährigen Knaben, der hinter ihr hergelaufen war, bei der Hand. Dann neigte sie sich zu ihm und sprach hastig einige leise Worte. – Sie ging so schnell dem Städtchen zu, daß die anderen von der Freundschaft kaum folgen konnten. Es waren ihrer genug. Lauter kleine Arbeiter und Werkleute, wie der Verstorbene. Sie schritten langsam einher und zerstreuten sich bald rechts und links in die Seitengassen.

Die Änn' aber war mit ihrem Kinde nun auch schon vor dem Hause angelangt, in dessen Erdgeschoß sich die Tischlerwerkstatt und das kleine dunstige Wohnzimmer befand. Sie trat ein und kniete mit dem Kleinen vor einem alten Madonnenstich nieder. In heißem Gebete hob sie die gefalteten Hände. Dann umarmte sie den kleinen Tonio gar heftig: »Nur für dich will ich leben.« Lispelte sie. –

Und sie lebte nur für ihn. Vom frühen Morgen an, wo das Kind die großen Blauaugen aufschlug, wachte sie über ihn, bis sie ihren To, so hatte sich der Knabe selbst genannt, des Abends wieder zu Ruhe bettete. Nichts Schlimmes, nichts Hartes sollte er erfahren. Seine Kindheit sollte ihm ein schöner, ungestörter Traum sein.

Ihre Arbeit gestattete der Mutter, im Hause zu bleiben. So verlor sie ihn keinen Augenblick aus den Augen. An schönen Sommertagen durfte der Kleine im Hofe vor dem Fenster spielen. Und wie selig war Ann', wie schlug ihr Herz, wenn er mit freudegeröteten Wangen in die Stube sprang und seine weichen, warmen Kinderlippen auf ihre bleiche Stirn drückte! Da schwanden alle die bösen Falten, die Rinnen der Sorge, für Augenblicke, sie eilte selbst auf den Hof und spielte »fangen« mit ihrem Herzensto! Wie jauchzte das Kind, wenn es schneller war als Mütterchen, wenn er ihr in einer Ecke zuvorkam, und mit ausgebreiteten Armen die absichtlich Zögernde auffing. –

Die Zeit verging. To mußte in die Schule. Das war nun hart für die Mutter. Aber was half's? Und To lernte fleißig. Sein aufgeweckter Sinn faßte rasch auf. Er war bald der Liebling des Lehrers. Die Mutter nahm mit ihm jede Aufgabe selbst durch; es machte ihr so viel Freude zu sehen wie der Junge die Wörter und Sätze las und hersagte. Abends oft wenn er schlief, kniete sie vor dem Madonnenbilde. Sie dankte der Heiligen für dieses Kind, ihren Trost, und flehte, es möchte etwas recht Tüchtiges werden aus ihrem To.

Eines Tages war die Schule früher aus, als sonst. Der Knabe war einen Augenblick allein zuhause. Die Mutter bemerkte, als sie eintrat, daß er etwas eilig vor ihr verberge.

»Komm, mein Kind«, rief sie. Sie streckte ihm beide Arme entgegen.

To aber blieb stehen. Er hielt einen Gegenstand hinter dem Rücken fest.

»Nun?... Was trägst du dann dort? fragte Ann' plötzlich in anderm Tone.

Der Knabe errötete über und über. Er biß mit den Zähnen die Unterlippe und schwieg.

»Ist es wohl gar eine Überraschung fürs Mütterchen?« Sie bemühte sich zu scherzen. »Hast mir was mitgebracht, To, eine Blume leicht?«

Da stürzten dem Kleinen die Thränen aus den Augen. Er lief zu ihr, kniete vor sie hin und schluchzte laut und schmerzlich.

Das Weib aber löste den Gegenstand aus seinen Händen. Alle Farbe wich aus ihrem Gesicht. Sie hielt sich mit der Hand krampfhaft am nächsten Stuhle. »Gott! Gott!« stammelte sie.

Es war eine Flasche mit Branntwein.

Woher hast du das? Was wolltest du damit? fragte sie mit bebender Stimme.

Das Kind konnte nicht antworten. Thränen erstickten jeden Laut.

»Sprich!« Ann' rührte sich nicht.

»Ein Bub – hat mir's geben«, brachte To endlich mühsam hervor,... »und ich hab davon trunken... weil...«

»Du hast?« schrie das Weib.

»Ja, Mutter...«

Ann' rang nach Luft.

»Hab' so Durst g'habt...«

»Wirst du noch einmal?«... Die Mutter faßte ihn heftig am Arme und zog ihn empor.

»Nie, nie«... flüsterte der Knab' und begann von Neuem zu schluchzen.

»Geh«, sagte sie ernst.

Dann schritt sie langsam an's Fenster. Mit starrem Blicke schaute sie hinaus.

Der Kleine weinte laut.

»Mutter, Mutter«, lallte er »sei nicht bös, verzeih... ich werde ja nie mehr...«

»Versprich mir's. Mir und dem lieben Gott!«

»Ja.«

»Du versprichst es?«

»Ja, ja... verzeih.«

»Will sehen, ob du's halten wirst.«

»Verzeih.«

»Vielleicht. Jetzt mach deine Aufgabe. Wein' nicht mehr.«

Das Kind gehorchte.

Zwei Stunden später brachte sie ihn zuruhe. Sie versagte ihm aber den Nachtkuß. –

To schlief bald. Die Mutter aber lag vor dem Madonnenbilde auf den Knieen und flehte und weinte...

*

II.

Seit dem Tode des Tischlers Tonio waren zwei Jahre fast verflossen. Die junge Witwe hatte manchen Bewerber abweisen müssen. Besonders einer bedrängte sie hart. Er hatte früher als Geselle bei ihrem Ehegatten gearbeitet, und war jetzt selbständig; just die Ann' wärs gewesen, die ihm so für seinen Hausstand gepaßt hätte. Aber die wollte nicht. Sie sagte ihm, er sei ihr ganz ein lieber Freund und Rater, aber heiraten möchte sie nicht mehr. Dessenohngeachtet kam er oft zu ihr und sprach nach Feierabend fast täglich in der ehemaligen Werkstatt vor. – Ann' brachte immer zuerst den kleinen To zu Ruhe, küßte ihn recht von Herzen und sang ihm, obwohl er schon ein recht großer Junge war, ein Schlummerliedchen mit ihrer wohlklingenden Stimme. – Dann ging sie in das Nebenzimmer, wo sie tagsüber Wäsche wusch, plauderte ein wenig mit dem Franzi, dem einstigen Gesellen und kehrte vor Sperrstunde in die Schlafkammer zurück.

*

's war an einem Winterabend. Die Mutter war eben in die vordere Stube getreten, da setzte sich To im Bettchen auf. Er schaute mit den großen Augen forschend umher und lauschte. Jetzt vernahm er die Stimme Franzi's im Nebenraum. Rasch sprang er auf die Dielen. Lautlos lief er in die eine Ecke des Zimmers, holte dort unter allerlei Zeug und Tüchern eine Flasche hervor. Diese setzte er an die Lippen. Er that lange, hastige Züge daraus. Seine Augen glänzten unheimlich. Mit tierischer Gier sogen die roten Lippen den Branntwein. Dann bückte er sich und barg die Flasche an der alten Stelle. – In taumelnden Sprüngen erreichte er das Bett. Lautlos fiel er in die Kissen. In wenigen Augenblicken bezeigte der gleichmäßige Atem, daß er schlief...

Im anderen Zimmer kämpfte Ann' einen schweren Kampf mit sich selbst. Franzi wiederholte seinen Antrag ungestümer als je. Und sie war ihm wirklich ein wenig gut, dem herzlichen Burschen. Aber hatte sie nicht geschworen, nur für ihren To zu leben. Nur für ihn!? – Dieses Bewußtsein gewann die Obmacht. Sie erklärte dem Handwerker ihren Entschluß – reichte ihm die Hand, hieß ihn gehen – und nicht so oft wiederkommen. Er bestürmte sie nochmals. Allein sie blieb fest. Franzi ging. –

Ann' trat mit leichterem Herzen, die Augen voll Thränen, in die Schlafkammer. Sonst begab sie sich gleich zu Ruhe. Heute aber drängte es sie, noch bei ihrem Kinde zu verweilen. Sie trat an das Bettchen. Wie schön er schlief! Wie die Wangen gerötet waren. Sie kniete leise nieder. Sie neigte den Kopf zu ihm, – sie wollte ihn küssen – leise so wie ein Traum küßt.

Da – was war das? War sie unsinnig? Der Athem, der diesen keuschen Lippen entfloh, roch nach Branntwein. Sie beugte sich noch mehr herab. Nein, es war keine Täuschung. Sie bebte an allen Gliedern.

»To«, schrie sie »To!« Aber das trunkene Kind stieß nur einige unverständliche Töne aus.

Sie vermochte ihn nicht aus dem Weinschlaf zu rütteln.

Da erfaßte sie eine wahnsinnige Wut.

Sie sprang empor, faßte den Kleinen am Halse und stemmte die Hände mit der ganzen, verzweifelten Kraft ein.

Lallende Laute stiegen aus der Kehle des Kindes. Er schlug mit Händen und Füßen um sich.

Ann' aber ließ nicht nach. Sie preßte die Nägel fest in das Fleisch des Halses.

Jetzt schauten sie ein paar verschwommene, trübe Augen ausdruckslos an.

Das waren nicht mehr jene unschuldigen Augen. Das waren die Augen Tonio's! Sie schrie auf, aber sie ließ nicht nach. Da traten diese Augen immer mehr aus den Höhlen, der kleine Mund öffnete sich weit, weit... Ein Ruck im ganzen Körperchen... Dann lag To still – ganz still.

*

Ende. –

Der Tod

Klein-Lisbeth schlief schon. Auch ihre Mutter schlief. Stille war's in der schlichten Stube. Hie und da hörte man die Athemzüge der Schlafenden. Hie und da prasselte und knatterte die kleine Nachtlampe auf dem breiten altmodischen Legkasten. Ihr Schein zeichnete einen gelben Kreis auf die weiße, gehäkelte Tischdecke. Im Dämmerlicht glimmten auf der Platte des Schrankes einige Bilderrahmen und ein Christus am Kreuze. Gegen die Wände zu ward es immer dunkler im Zimmer. Undeutlich erkannte man die Stäbe und das Netz des Kinderbettchens, das an der Fensterwand stund. Der Fenstervorhang war nicht herabgelassen.

Eine helle Nacht. – Von den grauglänzenden Scheiben hoben sich die dünnen Stäbe eines Käfigs ab. Auf dem obersten Querholz im Inneren schattete ein kleines, schwarzes Klümpchen: das Vögelchen schlief den Kopf unter den Federn. Es rührte sich nicht. –

Stille war. – Leise und hastig tickte eine Uhr. – Jetzt schlug sie – elf mal. Lange hallte der letzte Schlag nach. Das Nachtlicht flackerte heftig. Ein Schein huschte durchs Zimmer. Ein heller Kreis tanzte über die Stubendecke.

Das kleine Vöglein erwachte, reckte das Köpfchen ein wenig, schüttelte die Federn. Dann blies es das Körperchen breit auf und entschlummerte wieder.

Jetzt klirrten die Scheiben. Das Hausthor unten war schwer ins Schloss gefallen. Es kam offenbar jemand nachhause. Schwere Schritte knarrten auf der hölzernen Treppe. Leise – dann immer lauter dann verklangen sie mählich wieder. Ein Schlüssel rasselte oben irgendwo im nächsten Stockwerk...

Des Nachtlichts Flamme klagte und krümmte sich. Sie leckte an der Oberfläche des Öles hin, so dass helle Streifen durch das Zimmer glitten. – Die Mutter, deren Bette ganz im Dunkel stand, seufzte.

Die Uhr schien noch eiliger zu ticken. Das Licht auf der Platte des Legschreines knisterte und knatterte. Ohnmächtig zuckte es her und hin. Ein ganz leiser Knall: es war erlöscht. –

Dunkel in der Stube. Nur der Käfig beim Fenster ward sichtbar. Das Thierchen darinnen schlief. Die Dielen knarrten. Gerade als ginge jemand auf und nieder. Bald da, bald dort in der Ecke. Dann drang ein Geräusch durch die Wand oder von oben. Jetzt wieder – stille. –

Der Vogel im Käfig streckte das Köpfchen jäh aus dem Flaume. Er saß eine Weile still. – Dann flatterte er ängstlich hinter den Stäben umher. Bald prallten seine Flügel an der, bald an jener Seite an. Endlich blieb er unten im Sande. Ein leises, ängstliches Pipsen zitterte aus seiner Brust. Er reckte und streckte das Köpfchen und schlug ein paar Mal mit den Schwingen. Jetzt verstummte das Thier.

Mühsam schwang es sich auf das unterste Querholz, rüttelte sich und tauchte den Schnabel in das Wasserglas. Scheinbar erfrischt hüpfte es seitwärts und blieb an die Stangen des Bauers gelehnt. Den Kopf aber that es nicht mehr unter den Flaum.

Die Uhr tickte. Die Athemzüge der Schlafenden waren regelmäßig. Die Dielen krachten nach wie vor. Auf der Straße rollte ein Wagen vorbei.

Das Vögelchen aber war wieder im Sande. Die kleinen Füße waren nicht sichtbar. Es lag beinahe. Der Schnabel war offen und aufwärtsgerichtet: es rang nach Luft. Von Zeit zu Zeit stieß es einen sanften, klagenden Laut aus. Dann begann ein unaufhörliches Pipsen – fast so schnell wie das Ticken der Uhr.

Die schwere Finsternis lastete auf der kleinen Brust. Das arme Herzchen pochte heftig hinter den zarten Rippen. Die schwarzen Augen waren offen.

Und da schien ihm, es stiege langsam etwas Schwarzes unter dem Tische, auf dem sein Bauer stand, herfür. Ganz langsam. Ein unförmiger, körperloser Schatten. Sein Pipsen wurde lauter. Bebend flatterte es über dem Sande her und hin.

Erschöpft hockte es endlich in einer Ecke. Der Schnabel haschte Luft; aber die Augen waren zu.

Ein Geräusch... die Uhr schlug – zwölfmal.

Das Thier öffnete die Augen. Ein schriller Schrei gellte aus seiner Kehle – da... da...

Die Mutter war erwacht. Sie setzte sich auf. Im Zimmer war es sehr dunkel. Das Fenster war gar nicht zu sehn. Wohl kein Mondschein mehr – dachte sie. Sie wandte sich im Bette. Die Bretter krachten. – Wieder ruhige Athemzüge.

Das Vöglein war vor Schreck verstummt. Da – über ihm schwebte dicht der Schatten. Wie ein Tuch, wie ein schwarzes Tuch. Aber nein, es war kein Schatten mehr, auch kein Tuch. Wie ein großer, schwerer Futtertrog sah es aus. Nein, jetzt, jetzt wie eine Kugel, und da dehnte sich etwas nach rechts, – nach links, – wie Flügel: ein Vogel schien es ein großer, dunkler Vogel...

Das kleine, arme Thier im Bauer zitterte. Es konnte sich nicht rühren, auch nicht schreien, und der Schnabel stand doch so weit offen!

Da kam ihm auf einmal der Wald in den Sinn und Blättergrün und Sonnengold, und dann das kleine Mädchen, das immer mit ihm spielte, – und die Apfelschnitte, die sie ihm sonntags brachte, – und...

Der große, schwarze Vogel hatte des Käfigs Stäbe durchdrungen. Er war ganz nahe. Immer tiefer sank er so schwarz, so schwer...

Noch einmal schüttelte der gequälte Kleine seine Federn. – Er hob das Köpfchen, – da schlugen die Schwingen des schrecklichen, schwarzen Schattens ganz über ihm zusammen – ganz – ganz...

»Mutter, Mutter!« fuhr Klein-Lisbeth in die Höhe.

»»Was? Mein Kind.««

»Mir ist so angst.«

»»Wirst schlimm geträumt haben,«« begütigte die Mutter. »»Leg dich auf die andere Seite und schlaf wieder ein.««

Das Kind gehorchte. – Stille. –

Ruhige Athemzüge.

Die Uhr tickt langsamer und schläfrig.

Mählich wird es heller in der Nähe des Fensters. Graues Morgenlicht sickert durch die Scheiben. Endlich sieht auch ein Sonnenstrahl herein. Aber erschrocken fährt er zurück.

Im Bauer auf dem Sande liegt seitlich hingestreckt das kleine Vöglein, den Schnabel offen. Die Augen und die Federn am Kopfe sind voll Sandes.

Todt. –

Lisbeth erwacht.

Sie fährt mit der Hand über die weichen, schlafrothen Wangen.

Langsam kniet sie auf im Eisenbettchen.

Jetzt spricht sie ihr Morgengebet.

Damit sie die Mutter nicht wecke, leise, – ganz leise – –

*

Ende.

Der Ball

»Du bist mir unbegreiflich, Lisbeth.« Raunte die Witwe Frau Berg
von ihrem Romanband unwillig aufblickend. »Einfach unbegreiflich
– ein 16-jähriges Mädchen weigert sich den ersten Ball zu besuchen.
Mein Gott, da war ich doch ganz anders in deinem Alter – und heute noch, heute noch freu' ich mich auf jeden Ball – obwohl es lächerlich klingt – als Mutter einer so großen Tochter ...« Die »große Tochter« schaute stumm in einen Winkel des geräumigen Zimmers. Und
Frau Berg fuhr fort: »Es ist einmal die Zeit da, wo es Sitte ist dich
der Welt, der Gesellschaft vorzustellen. Und ob es Dir nun zweimal
genehm ist, oder nicht – gegen den Zwang, den althergebrachte
Gepflogenheit und Lebensweise auf uns ausüben, darf man nicht
ankämpfen. Was würden denn die Leute munkeln. Wie die Leute
schon sind! Da heißts dann nicht, sie will einfach nicht. Da kommen
dann lauter »aha« und Mutmaßungen. Willst du, dass wir uns unsterblich lächerlich machen?

Lisbeth wippte ein wenig die vollen, runden Schultern. Die Mutter achtete dessen wenig. – Merk, Dir Kind; l'appetit vient en
mangeant ...« wenn du jetzt auch wenig Lust hast; – du hast eben
noch keine Ahnung von der Art des Vergnügens, das jedem jungen
Mädchen das höchste sein muss, – muss, sag' ich. – Dein Kleid ist
bereit. – Die Blumen sind bestellt, der Wagen fährt um 9 Uhr vor –
bis dahin ...«

Sie ließ die Rede unvollendet und las weiter.

Das blonde Mädchen aber ging leise und lautlos über den dicken
dunkeln Teppich der Thür zu.

Dort wandte sie sich noch einmal um.

»Mama.«

Keine Antwort.

Und da drückte sie die Klinke herab und ging. Sie hastete über
die schmale eherne Ringeltreppe in ihr kleines Stübchen. Dort
schlug sie die Hände vors Gesicht und weinte herzbrechend. –

»Fräulein« stammelte die alte Martha, die gekommen war beim Ankleiden behilflich zu sein, – erschrocken, »Fräuleinchen, so in Thränen – heute?«

Und jetzt löste sich die bange Angst wie eine Lavine von der Seele des Mädchens. – In übereilten, unverständlichen Worten stürzte hervor, was sie dunkel und unsicher fühlte.

»Schau, Martha«, und sie legte den weichen Arm um die alte, treue Dienerin. »Ich bin sonderbar. Ich bin nicht wie die Andern. Auch auf der Straße, – wenn ein Mann mir nahe kommt da... ich bebe, weißt du, – und wenn mich jetzt ein Mann umfängt und an sich presst – ich fürchte... Martha, versteh mich, ich weiß nicht, was in mir ist. Ein Trieb... und keine Kraft... Martha, es wird über mich kommen wie ein Taumel, ein Rausch...Gott! Gott! *Muss* es denn sein. –«

Die Alte schaute groß und verständnislos aus rothen, thränigen Liedern. »Kannst du das nicht begreifen, – drängte Lisbeth – ich sag dir in mir gährt ein so warmes Blut – wenn mich einer umfängt, wenn ich seinen Athem spüren werde –...

Und ich habe keine Kraft!

Wie soll ich dir sagen: Alles verlangt in mir... Martha ich werde schlecht werden, so schlecht, dass du mich nicht anschauen wirst, – mich deine alte, gute, kleine Lisbeth.

»Jesus Maria!« Schrie die Alte.

Und dann kam Frau Berg; sie überwachte das Ankleiden der Tochter. Sie selbst war fast fertig. Der violette, schwere Attlas schmiegte sich fest an den üppigen Leib, der noch immer schönen Frau.

»Hast du alles nach Wunsch, Lisbeth?«

»Ja, Mutter!«

Sind die Blumen angekommen?

Ja.

Eile dich ein wenig. – Was hast du denn so lange hier gethan, ich wähnte dich fertig. Eile dich. Es ist ½ 9. –

Ja! –

Ich erwarte dich in meinem Zimmer. Und heitre Mienen will ich sehen, Kind! Verstehst du? – Mit solchen Leichenbitterzügen geht man nicht auf den ersten Ball. Zum Spott der Leute!

Und Frau Berg rauschte hinaus.

Lisbeth stand vor dem großen Spiegel. Die Reflexe der Kerzen huschten um ihre herrlichen Schultern.

Ihr fröstelte.

Mit bebenden Fingern hackte sie die weiße Seide zusammen.

Die alte Martha drehte sich unbeholfen um sie herum.

Sie half wenig.

Sie brummte nur fort durch zahnlose Kiefer: »Jesus Maria.«

*

Kurz vor Mitternacht. –

Gemurmel, Verbeugungen, Instrumentestimmen. Das Alles durch einander. Man ordnet sich wieder. – Paar neben Paar. Ein Dunst ist im Saal. Und ein schwüler Geruch vom Parfüms und lebendigem, schweißigem Fleische. – Schimmernde Schultern spähen aus den Engelsausschnitten. Weißes Licht schwelgt auf ihnen. – Die Lampen spiegeln sich in den Diamanten der Frauen und den Kahlköpfen der Männer. Schwarze Fracks dämmern wie Tintenklexe mitten hinein und neben ihnen prunken grelle, geschmacklose Uniformen. Und alles wogt und wirbelt und wandelt sich jede Sekunde.

Lisbeth lehnt abseits im blauen Zimmer. Matt, fast ohnmächtig. Und neben ihr einer jener Allerweltsgecken. Mit großen dunklen Augen und durchscheinender Haut an den Schläfen. Er spricht zu ihr süße, geheimnisvolle Worte. Die rinnen ihr in die Ohren und perlen ihr heiß durch alle Glieder. – Durch die Glieder die noch die Berührung der seinen fühlen vom letzten, rasenden Galopp her.

Und sie schloss die Augen.

Ein wonniges Prickeln zuckte in ihr.

Fern klang Musik und Stimmen. Aber so fern.

Und nur seine Stimme war nah, seine gedämpfte Stimme ...

Und jetzt war das nicht sein Arm, was sie da am Halse fühlte ...

Gott! Und sie sträubte sich.

Aber ihr Blut kochte, und sie hatte keine Kraft. –

So – so war ihr ja gut!

Und sie wehrte sich nichtmehr. Die Sinne vergingen ihr. Sie hörte Musik. Aber nicht jene aus dem Saal herüber. Nein, es fügten sich leise neue Rythmen in ihren Ohren, die sie nie gehört. Leise, leise... Und ein Ermatten kam. Sie dachte: ich bin tod.

Ich bin tod. –

Aber dann rieselte es auf einmal durch ihren Leib.

Leben.

Sie wusste dass sie lebte!

Lust lebte – unsägliche Lust!

Und dann zerschmolz dieses Bewusstsein wieder mählich in heißen Küssen...

*

»Du bist blass, Lisbeth« sagte Frau Berg mitten aus der anregenden Unterhaltung heraus, die sie mit mehreren Herren führte. – »Ich habe dich bei den letzten Tänzen ganz aus den Augen verloren, mit wem tanztest du? –

Das Mädchen stammelte einen Namen.

»Nein, wirklich das Fräulein ist sehr blass.« Meinte einer der Herren obenhin.

»Was ist dir?« fragte die Mutter jetzt scharf.

»Ich bin müd. –«

»Müd?«

»Das ist die Jugend von Heute« lachte die üppige Frau; nun ich muss mich fügen!«

»Gehen wir!«

Und Lisbeth wankte halbgeschlossenen Auges hinter der Mutter her.

*

Die Witwe hatte sich gleich zuruhe begeben. – Kalt hatte sie ihr Kind verabschiedet. – Sie wäre noch gern ein wenig geblieben. – Und da wird Lisbeth müd... müd...

Droben aber im Stübchen saß Lisbeth. Noch immer in weißer Seide. Sie krampfte die Finger in ihr Blondhaar. Sie sprach kein Wort; aber die alte Martha wusste Alles. Sie rang verzweifelt die Hände. – Das Mädchen aber kauerte zitternd am Fenster. Lange, lange. Und sie starrte hinaus in den fahlen, farblosen späten Febermorgen – wie man in ein verdorbenes, verlorenes Leben schaut...

Der Betteltoni

Der Betteltoni! – Hab' ihn nie anders nennen hören. Er wohnte drei Stunden dorfab in einer kleinen, ärmlichen Chaluppe, die an einem riesigen Schieferfelsen klebte – wie ein Schwalbennest. Hart an der Hütte zog sich ein gelber Streifen Feldes. Der war dem Toni zu eigen. Wenn der bestellt und besorgt war, dann pflegte er sich im Dorfe zu verdingen. Die Leute kannten ihn alle – und stießen sich an, wenn er mit schwerfälligem, schleppenden Schritt, die großen Kinderaugen ins Weite gerichtet, daherkam. Er aber kümmerte sich wenig um sie – und sah sich nicht einmal nach den rothwangigen Dirnen um, die dem drolligen Burschen laut nachkicherten! Der Betteltoni hatte nur zwei Wesen ins Herz geschlossen, und für die sorgte er tüchtig: den Miko, den alten Gaul, den er noch vom Vater selig her besaß – und sein Mütterchen.

Heute munkelte man im Dorfe Tonis Mutter sei tod. Und wirklich! In der Chaluppe draußen stand im untersten Gelass über zwei Stühlen eine schwarze Truhe. Sie war bereits verschlossen und die leichtsinnigen Sonnenstrahlen des blauen Sommertages flochten goldene Ranken um das silberne, große Kreuz, das auf dem Deckel gemalt war. Kaum einen Schritt davor saß Toni. Die Ellenbogen auf die Knie, das knochige Kinn in die rothen Fäuste gestemmt. Thränen standen ihm hell in den Augen; er dachte an die kleine Frau mit den tausendfaltigen, grauen Wangen, dem trippelnden Gang – und wie sie so immer kleiner geworden war und immer zittriger und kindischer... So brütete der Bursche.

Glock Zwölf erhob er sich. Er hatte einen Wunsch der Toten zu erfüllen: Unten im zweitnächsten Dorf, war sie geboren worden, die Mutter, – dorthin sollte er sie auch auf dem Gottesacker zu Ruhe bringen...

Er machte ein Kreuz über Stirn und Brust. – Dann streckte er die breiten Arme nach rechts, nach links, gähnte, – und sann nach: Also, den Miko einspannen in den Streuwagen, die Truhe drauf – und dann überland fahren. – Er zählte an den dicken Fingern: eine Stund', zwei, drei, vier – fünf... Teufel, dass das dem Gaul nur nicht zu viel wird... Und er zählte noch mal. Ja, es waren fünf Stunden... Toni machte ein sehr besorgtes Gesicht. Dann aber brummte er etwas. Es muss! Es muss! Er kann ja dann unten, wenn die Mutter den Frieden hat, übernachten und morgen früh erst heim... Er nickte sich verständnisvoll zu. Dann zog er den Streuwagen heraus, schürte den dürren, langhaarigen Braun an, holte die schwarze Kiste und legte sie quer auf das Gefährt. Ist ja gar nicht schwer – dachte er ...

Eine halbe Stunde später war der Toni mit seinem Fahrzeug mitten im sonnigen schwülen Staub der baumlosen Landstraße. Es ging langsam vorwärts, ganz langsam. Die paar Bauern, die dem traurigen Zuge begegneten hielten an und entblößten den Kopf. Die Weiber knieten am Straßenrand hin. Der Betteltoni bemerkte sie gar nicht; er war tief in Gedanken. – Jetzt, jetzt bist du ganz allein, sagte er sich nur noch der Miko; und in seinem Hirn trat jetzt abwechselnd bald die arme Mutter, bald der Gaul in den Vordergrund, diese beiden Wesen die in dem Mittelpunkte seines Daseins standen ... Es war doch recht, recht traurig ...

Ein Ruck riss ihn auf. Miko stand still. Sein langhaariger Rücken glänzte. Ja, es hat eine Hitze! Toni wischte sich mit dem Ärmel über die Stirn. Dann seufzte er: Noch nicht die Hälfte des Wegs, noch lang nicht ...

Geh, Miko, geh, öa Hot!

Miko strengte sich an mit gesenktem Kopf.

»Öa Hot!«

Weiter gings – sehr langsam.

Es hat eine Hitz! brummte der Bursch noch einmal. Dann senkte er den Blick von dem schimmernden Blau des wolkenlosen Himmels zum blendend weißen Staub der Landstraße.

Auch ihn begann die große Hitze müd zu machen. Er zog die Füße lässig nach. Große Wolken wallten hinter seinen Schritten auf.

Er dachte eine große Weile an gar nichts.

Er schaute über die weiten mattgrünen Kartoffelfelder bis an die blauen Berge ...

Dann fiel ihm wieder die tote Mutter bei.

»Öa Hot, Miko, öa hot!«

Er faltete die Hände – und sprach ein Gebet – ganz leise. Der Staub aber machte ihm den Hals trocken.

Er verstummte.

Da, Miko stand schon wieder.

Er strich ihm mit der Hand über den Hals.

Sein fein brav, Freunderl, in einer Stund sind wir im ersten Dorf; dort bekommst Wasser, Wasser...

Öa Hot!

Weiter. –

Im ersten Flecken da drunten, da hats schon die Hälfte. Dann wird's ja auch Abend und kühler...

Wird schon gehen...

Miko aber zog aus Leibeskräften.

Heut' schien ihm das Fahrzeug gar so schwer.

Lang hatte er so was nicht ziehen müssen.

Was mags denn wohl sein.

Dünger wieder mal.

Und er wandte den Kopf ein wenig.

Hatte er rechts das weit vorstehende Ende des Sarges erblickt?

Miko war klug.

Seine großen Augen sahen jetzt sehr traurig aus und er stampfte mit den dünnen Füßen fest in den weißen Staub hinein...

*

Das erste Dorf war vorbei.

Wirklich – es wurde kühler. Miko durch klaren Trank erfrischt ging einen lahmen Trab. – Der Betteltoni, dem die Weiber im Dorf das Herz schwer gemacht hatten – weinte...

Indessen stand die Sonne schon hart auf der Kante der Berge. Durch die Felder ging ein schmeichelndes, müdes Summen und Surren. Über den niedrigen Kartoffeln hin taumelten dufttrunkene

Weißlinge irrten über die Straße herüber und rasteten mit wippenden Flügeln eine kleine Weile im durchsonnten Sande. – Auf der andren Seite wogten hohe Ähren; blaue Kornblumen und rother Mohn unterbrachen die Fläche, die aussah wie ein großer goldgleißender Schild besetzt mit Saphiren und Rubinen.

Ruck!

Miko stand.

Er hatte sich zu viel zugemuthet. Der Trab war ihm an den Athem gegangen.

»Öa Hot!«

Micko rührt sich nicht.

»Tsch! Tsch! Micko!«

Miko streckt den Hals weit vor, hebt den einen Vorderfuß – – – –

Umsonst.

»Na, Mikerl, schau' eine Stund' noch …«

Wieder ein vergeblicher Versuch.

Toni seufzt. Er tritt zum Kopf des Thieres und fasst es beim Zügel. Dabei streicht er ihm fort über den Rücken, den ein Teig aus Staub und Schweiß deckt.

Komm, komm! Gehen wir!

Öa Hot! Öa Hot. Hü Hot! Hü Hot!

Gott sei Dank.

Langsam, ganz langsam …

Toni dachte wieder an die Tote.

Dem Miko, dem soll jetzt die ganze Liebe zutheil werden. Wenn sie nicht mehr ist …

Eine halbe Stunde später.

Miko ächzt.

Durch die knöcheligen Beine geht ein Zittern.

Toni springt herzu; »No, Mickerl, no …«

Er thut ihm schön ...

Er fühlt wie das Thier bebt...

»Gott im Himmel« was jetzt?

Eine furchtbare Hilflosigkeit fällt dem armen Toni bleischwer und kalt aufs Herz. Da die Mutter tod und jetzt auch noch der Miko ...

»Bekommst gutes, gutes Futter!

Nur die paar Schritte noch: ...«

Alles umsonst.

Dem Toni ist's zum Weinen.

Weit und breit kein Mensch!

Dass die Mutter auch hat müssen so einen Wunsch haben. –

»Armer Miko ... nur die paar Schritte«, muntert er wieder auf.

Öa ... Öa ...

Vergeblich. –

Der Gaul hält sich kaum auf den Beinen. Sein Aug ist matt.

Der Toni kann das nicht anschauen. Es thut ihm zu weh. – Er schluchzt wie ein Kind.

Das(s) die Mutter hat müssen... fällt ihm fort ein...

Und spät ist es auch. Heut kann er nimmer zum Herrn Pfarrer, – da kann er erst morgen früh... er murrt einen Fluch.

Endlich kommt ihm ein Gedanke.

Er nimmt die Truhe selbst auf die Schultern.

So...

Öa Hot, Hü! Hü! Hü!

Jetzt gehts.

Für zehn Minuten.

Dann wieder: Halt.

»Miko!« Ein Schreck durchzuckt den Toni.

Der Miko liegt da. –

Herr Gott!

Der bestürzte Bursch stellt den Sarg beiseite in den Straßengraben.

Dann springt er zu.

Er betet, spricht zu, weint und tröstet – alles durcheinander.

»Miko, mein Mikerl, sei gut, sei brav...«

Er kniet bei dem Pferde.

»Wenn ich dich so bitt... wenn ich dir sag, – Mikerl!«

Und er bringt ihn wieder auf.

Öa Hot! – Glücklich geht es fort – freilich ganz langsam...

»O, mein guter Miko« betheuert der Bursch in einem fort. – Und er geht nebenher zieht den Wagen mit – und denkt nur an seinen armen matten Freund. – – –

Aber der Wagen war leer und auch Toni trug keine Truhe mehr...

»Mikerl, sehr brav nur paar Minuten... nur paar Minuten.«

*

So kam er ins Dorf. Die Leute wunderten sich was der Betteltoni da wollte mit dem leeren Gefährt. Aber keiner fragte ihn. – Beim ersten Bauer stellte der Bursch ein. Im Stall brach der Braune wie tod zusammen.

Toni weinte.

Er wandte alle Mittel an, das Thier zu sich zu bringen.

Lange vergeblich.

Endlich hob Miko ein wenig den Kopf. Ganz wenig nur. Aber das war dem Burschen schon ein großer Trost. – Er hub wieder seine Betheuerungen an: »Alles sollst du haben, Mikerl, alles«... Dabei rieb er dem Thier die Füße unaufhörlich – bis spät in die Nacht.

Dann übermannte ihn die Müdigkeit. –

Er schlief. Auf der weichen Streu hart neben dem Thiere...

*

Der Toni erwachte; rieb sich die Augen. Wo war er? Nichts fiel ihm ein als Miko!

Da, ein Knecht hatte ihn schon versorgt.

Miko stand und ließ sich das frische Futter trefflich schmecken!

»Miko« jubelte der Bursch.

Und der Braun wieherte.

Der Betteltoni war schier verrückt vor Glückseligkeit – er hatte seinen Miko wieder!

»Miko, Miko« sang er unaufhörlich.

Sein Gastgeber schüttelte den Kopf.

Der Bursch aber ließ sich nicht beirren in seiner Freude. – Jetzt heißt eilen sagte er sich. Solangs noch morgen ist heimfahren, damit du nicht in die Hitze hinein kommst... und lachend schürte er den Gaul an ...

*

Heut gings leicht.

Ein Lied auf den Lippen fuhr der Bursch in den blauen Morgen hinaus. Er schaute rechts und links in die Felder die thaufrisch in heiterem Grün sich weit hinstreckten bis an die Hügelketten. Er hörte auf das Zwitschern und Trillern von dem die Lüfte tönten, und lachte über die goldenen Ähren die sich so ehrerbietig vor dem übermütigen Frühwind neigten. Sein ganzes Herz war voll Jubel: Miko, Miko, rief er ein über das andere Mal. Das ging vorwärts!

In vier Stunden kaum würde er daheim sein, – sicher – und wie wird die Mutter lachen... wenn er ihr...

Er dachte nicht aus.

Etwas durchzuckte ihn...

Was war das schwarzes dort im Straßengraben?

»Hö, Miko, halt! Er brachte kaum den Ruf aus der Kehle. Er zerrte am Zügel. Sprang ab, lief herzu ...

Da unter grünem Kraut der Sarg mit dem großen, silbernen Kreuz.

Mutter ...

Und er legte den Sarg quer über, wandte den Wagen und fuhr langsam zum Dorf zurück – der arme Betteltoni.

Halb von Thränen erstickt klang es: »Öa Hot! Öa Hot! ...«

Eine Heilige

Motto: »Der Sünde Sold ist Tod...«
Röm. 6. 23.

Es gibt Menschen, die rein bleiben mitten im schmutzigsten Leben. Wie der Mondstrahl sich nicht befleckt, der in der jauchigen Gosse irrt. – Es gibt solche Menschen. Und ich stelle sie mir immer so vor, wie die Gestalten der ernsten, Byzantinischen, nachgedunkelten Heiligenbilder mit den schmalen klaren Stirnen und langen, dünnen, fleischlosen Händen. Händen, wie sie die entsagende, gebende Liebe hat ...

Und – war sie denn eine Heilige? – Sie, die schwarzhaarige Anna, das Ehweib des Schlossers Gaming? –

Fast so sah sie aus wie jene Kirchenbilder. Nur nicht so ernst, – kindischer kleiner, unbedeutender, – aber viel trauriger. So traurig!

Mir war immer, als müsste die Sonne verglimmen, wenn dieses Auge ihr begegnete.

Und Anna schaute gern in die Sonne.

Besonders wenn der rothe Ball im Westen hinter die Hänge rollte.

Da saß sie da in der dumpfigen Stube am Fenster, das Gesicht in die hageren Hände geschmiegt, und bohrte ihre Blicke in das ferne Abendfeuer.

Dann – wenn es verloschen war und der wehmüthige Sommerabend das müde Grün der Hügel mit cardinalrothen Streifen grenzte, dann ging erst die Sonne in ihren Augen auf, die milde Sonne der Träumerei.

Leise regten sich ihre dunkelrothen Lippen.

Halblaut sang sie die Volksweise; ihre Stimme klang, wie der Frühwind in Erlenbüschen:

> ... er kommt, ich weiß,
> Zu mir zurück
> Und mit ihm kommt

Das alte Glück.
Es kommt zurück
Trotz Neid und Noth, –
Das alte Glück
Ist ja nicht tod...

*

»Himmel Donnerwetter, – wirst mir noch vielleicht einen Vorwurf machen, du ... Ich kann nachhaus kommen wanns mich freut, merk dirs! – Und wenn du... Herrrr Gott!« Gaming ließ die Faust dröhnend auf den Tisch fallen.

Anna saß in der Ecke und schaute mit großen Augen ins Leere. »Und wann ich mich besauf, gehts dich auch nichts an! Mich freuts einmal so! Was bist so dumm, du Stubenhockerin, und gehst nicht auch auf dein Vergnügen aus?... Ho – hab halt nichts dagegen... Ha, ha, ha, ha – und er lachte unbändig; das schleimige, raschelnde Lachen der Säufer. –

Sein Weib fröstelte.

Der Schlosser erhob sich schwerfällig und ging mit unsichern schwanken Schritten aus der Stube.

Und jetzt weinte Anna. Weinte still wie ein krankes Kind in Fieberträumen weint. Warum? Weil es ihr so weh that links beim Herzen.

Es pochte.

Noch einmal.

Ein jüngerer braunlockiger Mann stand in der Thür.

»Morgen, Frau Gaming. – Doch – Ihr weint's ja?!«

Nein, sagte die Schlossersfrau und fuhr sich mit der Hand über die Augen – ich wein' nicht ... 's ist nur so ...

Und dann in anderem Ton: »Morgen, Anton.«

Sie reichte ihm die Hand.

»Setzt' Euch ein wenig.«

»Dank schön.«

So saßen sie nebeneinander.

Anna und der junge Schreinermeister Anton. – Aber sie sprachen kein Wort.

Dann sagte Anna leise:

»Wohin geht's denn?«

»Arbeit – in die Stadt.« –

»So?«

»Ja«. –

Stille. –

»Wie gehts Eurer alten Mutter, Anton.«

Dank der Nachfrage, Frau Gaming, 's muss halt. Mein Gott so ein alt's Frauerl...

Und wieder still.

Draußen stand der Sommertag und schaute mit blauem Auge herein.

Und es löste das Licht seines Blicks die Herzen der beiden Menschen.

»Frau Gaming?«

»Anton?«

»Er hat Euch heut' wieder g'schlagen?«

Anna schwieg.

»Offen – sagt mirs.«

»Ja.«

»Ja, könnt ihr denn das so fort ertragen?«

Sie schaute ins Weite.

Und er nahm sich Muth: »Anna, weißt ich bin Dir so gut – komm mit mir!...«

»Mit...« einen Augenblick lohte es auf in ihrem Blick.

Just so wie wenn sie das Volkslied sang.

Dann verlosch die Gluth jäh.

Sie sah ihn er(n)st und traurig an.

»Nein, das geht nicht.«

»Anna!«

»Nein.«

»Warum?«

»Ich bin sein Weib...«

»Aber...«

»Ich bin sein Weib.« –

Anton erhob sich. Sie reichte ihm die braune Hand.

»Adjes, Anton.«

»Adjes.« –

Und er ging. Bei der Thür spuckte er aus durch die Zähne. »Mit Gott.« Rief ihm Anna nach. Vielleicht hat er's noch hören können. Er schaute sich aber nicht mehr um. Gamings Weib saß wieder allein in der Stube. Und sie weinte wieder. Diesmal heftig und stürmisch. –

*

»Du lasst deine Stuben offen, die Nacht! – Hörst! Ich habs'n Wirten versprochen. Der Kerl ist ja ganz närrisch in dich. – Fort die Ann' und die Ann' ...«

»Trottel, hab ich ihm g'sagt, was hast denn an dem Ding g'fressen?«

Und dann haben wir trunken.

Und da ist der Wirt schlechter Laune g'west. –

»Gaming«, hat er g'sagt, »du bist mir schon ein Posten kreidig!« –

»No«, hab ich gsagt, zahlen kann ich Dir nicht. –

»Ich hab nichts.« –

Dann haben wir weitertrunken.

Dann hat er wieder angefangen.

»Ich hab nichts, Luder!«

Hast nicht dein Weib?...

Und wieder hat er mir eing'schenkt. Er hat einen verflucht guten Saft, der Kerl. –

»No magst das Weib?« Hab ich dann g'fragt.

»Ob?« ...

No, obst das Weib magst ...

No, und da hat er nicht nein g'sagt! Der Schlauchel! –«

Anna saß wortlos mit en(t)setzten, weiten Augen da. Ihr Gesicht war gelb. Ihre Hände klammerten sich krampfhaft an die Stuhlkante.

»Was gaffst denn so«, fuhr der Schlosser auf. – »Sollst froh sein, dass so ein g'sunder, starker Mann wie der Huberwirt dich will – so eine ...«

»Also lasst' ihn ein?«

»Nein.« Das klang wie ein Stöhnen.

»Nein!« schrie der Gaming. Willst du die Dame spielen. Weib, ich hab mein Wort geben, und der Sauhund schickt mirs Gericht und die Pfändung am Hals wenn du nicht ... Willst?

Sein Mund war voll Speichel. Er rollte die Worte mühsam heraus. – Willst?! Donnerte er am ganzen Leibe bebend.

»Nein.« sagte Anna fest. –

Da sprang Gaming mit erhobener Faust auf sie zu; und er packte sie an der Schulter, dass das Kleid in Fetzen ging und rüttelte sie ...

»Ich bin dein Herr, Weib! Ich hab hier auch noch ein Wort mitzureden – Auch noch ein Wort ...« stammelte er in wahnwitziger Wuth. »Ha, ha, ha, ha« ... gellend lachte er auf und ließ ab von Anna.

– Und ich frag dich noch erst? ...«

Er spuckte weithin auf die Dielen und schob sich grinsend hinaus. Er schloss hinter sich die Thür und mit winselndem Klagelaut drehte sich der Schlüssel im Schloss um. –

»So ...« hörte Anna ihn sagen – dann ächzte die Treppe unter des Schlossers gewichtigem Tritt. –

Stille.

Und Anna saß da den Kopf in beide Hände gepresst. Und sie krallte ihre Finger in das dichte, weiche Haar und in die Kopfhaut tief, dass es sehr schmerzte. Der Schmerz that ihr wohl.

Was jetzt? Was jetzt?

Gar nicht denken konnte sie.

Und mechanisch und blöde lief ihr Blick hin längst der langen Rinnsale und Furchen der alten rissigen Tischplatte. Da gab es einen Punkt in dem alle die Striche zusammenliefen und diesen einen Punkt schaute sie jetzt an ohnmächtig sinnlos – und fiebernd ...

Der Punkt wurde immer schwärzer und schwärzer denn durch die Scheiben tropfte schon langsam der Abend. – Der Abend. Es schien ihr, als würfe er Netze aus, weite schwarzmaschige Netze sie zu fangen, wie der Jäger dem unschuldigen Wilde auflauert.

Sie fuhr empor. Es war kein Gedanke in ihr nur eine That: Sie riss das Fenster auf und an den Rebenstangen behende nieder. – Dann lief sie durch das kleine Hausgärtchen und jetzt stand sie in der schwarzen Seitengassen. Kein Besinnen! Und sie hastete weiter.

Wohin?

Ihr war zumuthe wie Jemandem der träumt, im Traume handelt, und der doch auch weiß, dass er träumt...

Wohin?

Sie hob das Auge.

Sie war weit, kaum dass sie die Gasse erkannte.

Da russte eine dürftige Öllampe.

Darüber hängt ein Aushängschild.

Und unwillkürlich steht sie und liest.

»Schreinermeister.«

Sie buchstabiert wie ein Kind bei dem unstäten unrastvollen Licht.

Aber dann sieht sie besser.

Und sie erkennt: »Anton ...«

Jetzt erst denkt sie.

Sie denkt vieles auf einmal – Alles ...

Hinauf. Eine enge, finstere holprige Treppe. Und an der Thür pocht sie über der das gleichnamige Schild glänzt.

Schritte drinnen.

Und sie reißt sie auf.

»Anton!«

Aus ihrem Auge fliegt ein Funken und entloht seines. Er fängt sie in seinen Armen auf und presst sie mit brutaler Naturgewalt an sich. In einem einzigen Schrei, ähnlich dem Ruf des Auerhahns, wirbelt sein ganzer, riesiger Jubel aus der Brust! Und sie sieht ihn an. Groß und ernst. Mit den Augen der ewigen, himmlischen, jauchzenden Liebe.

Und er versteht sie...

*

Sterne waren am Himmel gewesen. Aber der Morgen war trüb. – Perlgrauer Nebel kroch leise durch die Luft und die rundlichen Pflastersteine hatten glänzende Backen. Anna ging heim.

Sie schritt gebückt einher und ängstlich.

Ihr Aug aber glänzte.

Glänzte in jener heimlich-süßen Weise, wie Edelsteine glimmen im Dämmerschein.

Sie trat in ihr Haus. Und ihre Gestalt wuchs.

Sie ging nicht die Treppe hinauf zu ihrem Gelass.

Gaming schlief unten.

Sie schritt in die Küche und nahm unterm Herd das blanke Beil hervor. Es war schwer. Aber sie trug es leicht und gewandt.

Und jetzt öffnete sie die Thüre ihres Ehegenossen. Er lag da den Kopf weit zurück, das Hemde offen über der haarigen breiten Brust. Das struppige Gesicht strotzte knallroth aus den gestreiften Kissen.

Sein Athem ging rollend und schwer.

Alle Minuten pfauchte er.

Die Falten um die Augen waren, als ob er grinste.

So schlürfte er in Säuferzügen den – Schlaf.

Und eklig, hässlich, abscheulich war er.

Und Anna dachte an die letzte Nacht. –

Es fasste sie plötzlich unbewusst jenes Streben alles Hässliche aus der Welt zu räumen, der Welt, in der es so süße Wonnen gibt.

Sie trat herzu.

Der Dunst von Fusel und Schweiß packte sie und rann bis in ihre Fingerspitzen. In die Fingerspitzen die am Schaft des Beiles ruhten.

Und dieser Dunst krampfte ihre Arme, so dass sie sich hoben ...

Mit einem Schlag hatte sie ihrem Manne den Schädel gespalten.

Ruhig und sicher, wie man ein giftiges Thier totschlägt.

Und dann wusch sie sich, setzte sich auf ihren Platz am Fenster und raunte:

> ... Das alte Glück
> Ist ja nicht tod ...«

... Und sie war doch eine Heilige!

Die rothe Liese

Die Geschichte einer Unglücklichen

In der finsteren, engen Seitengasse ragte ein finsteres graues Haus. Drei Treppen hoch. – Unten wohnten ehrsame Leute, arme Beamte, rastlose Handwerker. Unter dem Dach aber hatte die rothe Liese ihr winziges Kämmerchen. Die rothe Liese! Wer kannte sie nicht? Das kleine Ding mit dem vollen Busen den kecken Schelmenaugen und den rothen Wangen ... Wer ihr begegnete schaute seitab zog die Mundwinkel abwärts und dachte: Die Dirne ...

Aber nächtlich da schlich so mancher zu dem grauen Hause. – Leise zog er die altmodische Klingel, die erst stöhnte ehe sie gellend anschlug. Dann blieb es immer still. Erst in einer Weile vernahm man schwer schleppende Schritte. Der riesige Schlüssel drehte sich unwillig im rostigen Schlosse – dann ein Ruck und das eichene Thor gab nach. Die Hausdienerin stand mit den triefenden blöden Augen ein verschmitztes Grinsen im alten Gesichte da, nickte, schloss behutsam wieder ab – und ließ den nächtlichen Gast mit einem höhnisch klingenden »Gut Nacht« die steile, ausgetretene Wendeltreppe hinanstrauchneln. – Fast täglich kam einer, – und fast täglich ein Anderer ... Ja, die Liese, dachte die hexenhafte Dienerin unten, die verstehts... und sie kicherte in sich hinein. Sie machte ja auch ihr Geschäftchen dabei; da gabs Sperrgroschen die Fülle – und Trinkgeld noch obendrein. – Aber seit ein paar Tagen war die Thorhüterin sehr schlimmer Laune. Umsonst horchte sie immer bis es elf vom nahen Thurme schlug. Zwei dreimal lief sie sogar schauen ob sie die Klingel, die doch tüchtig schmetterte, nicht etwa überhört hätte? Nein – es kam niemand. – Sie überlegte hin und her ... was war der Grund? ... sollte das Mädchen das einträgliche Handwerk aufgegeben haben? So dumm konnte sie doch nicht sein ... Jung war sie auch noch – und sicher hätten noch genug Tölpel kommen mögen ... sicher ... und die Alte beschloss sobald der nächste Morgen angebrochen sein würde hinaufzugehen, und sich energisch Klarheit zu verschaffen.

Über die rothe Liese im kleinen Stübchen oben aber waren Stunden der Einkehr gekommen. – Sie wusste selbst nicht wie. – Fern aus dem kleinen Heimatdorfe war ein Brief ihr geworden; – kaum drei Zeilen mit zittriger, ungeschickter, kindischer Hand. – Von der Mutter. – Die glaubte ihr Kind wohl versorgt in einer Handschuhnäherei. Sie sandte ihm ihren Segen – den letzten; denn sie fühlte sich matt und krank. – Das Mädchen hatte den Brief gelesen und ihn dann in ihr Schubfach gelegt. Aber wie oft hatte sie ihn wieder vorgenommen. – Sie saß da, überlas die armen, kargen und doch so innigen Worte! Las sie immer wieder und weinte. Abends aber verriegelte sie wohl ihre Thüre und hielt das zerknitterte Papier fest zwischen den gefalteten Händen wenn sie einschlief. Und wenn sie morgens erwachte da küsste sie wieder und wieder den schlichten Brief.

Es muss anders werden! So sagte sie sich.

Und sie kniete hin und flehte: »Mutter, Mutter, hilf mir!«

*

... draußen pochte es. – An der Schwelle stand die alte Thürwärterin mit widerlichem, verständnisvollen Lächeln. – Liese schenkte ihr wenig Achtung. Sie bereitete sich zum Ausgehen vor. – Sie wollte einen heiligen Gang thun ...

Die an der Thüre hüstelte; es klang hässlich und heiser.

Das Mädchen ordnete sich vor dem kleinen, fleckligen Spiegel das reiche rothgoldige Haar: »Was giebts denn Brigitte?«

Die Hexe hüstelte wieder.

Liese drückte sich den Hut auf die widerspenstigen Locken.

»Nun.«

Brigitte hinkte näher. Ihre dürre Gestalt reckte sich unter dem verschossenen missfarbigen Hülltuch. Mit ekliger Vertraulichkeit legte sie die schmutzige Hand auf des Mädchens Schulter. Die dünnen bläulichen Lippen umzogen teuflische Falten – ...

»He, Fräulein Liese«, kicherte sie ... – heut' nacht, – ich hab einen bereit« ...

Die Angeredete erbleichte.

»So um ½ II,« fuhr die Kupplerin fort. Das Mädchen trat zurück. Sie empfand Abscheu vor diesem gemeinen hässlichen Weibe.

»Du darfst niemehr jemanden herauf lassen« sagte sie ernst. Ihre Stimme zitterte.

»No, no, schönes Fräulein« begütigte die Thorhüterin – »bös müssens nicht sein, wir verstehen uns doch ... gelt?!« Sie zwinkerte ein paar Male mit den rothumrandeten Liedern.

»Untersteh dich nicht –, Alte, geh ...«

»Ah so,« unterbrach sie die Megäre, so gefällt's dem gnädigen Fräulein, – mich einfach hinauswerfen – so – so – no ich geh schon aber warten's nur; ja das ist der Lohn, wenn man sich so ein saubers Fruchtel ins Haus nimmt so eine ... Sie brummte noch eine Weile fort. ... aber ich will schon dem Hausherrn sagen, er soll so was nicht dulden ... nicht dulden ...

Liese verließ zugleich mit der Hexe die Stube.

Sie war sorgfältiger gekleidet als sonst.

Das erweckte die Neugier des Weibes.

»Wohin geh'ns den(n) Fräu'l'n?« fragte sie in freundlicherem Tone.

Das Mädchen antwortete nicht.

Dann während sie die Treppe herunterschritten sagte sie kaum hörbar:

»In die Kirche.«

Die Alte lachte auf, dass sie sich am Geländer halten musste. Schrill gellte es im dunkeln Stiegenhause.

Liese aber ging wirklich in die Kirche.

*

Liese war eingetreten in die hohen dämmernden Hallen der Kirche, und ein Gefühl, das ihr bis zum Augenblicke fremd war, hatte sich unvermerkt in ihr Herz geschlichen. Ein Gefühl von Weihe und Zerknirschung;

Die goldnen Heiligen blickten sie so sonderbar, so geheimnisvoll an von den grauen Sockeln herab und das weite Schweigen der einsamen hohen Hallen, in denen der Schritt ihrer kleinen Füße so mächtig widerhallte, als sollte das bebende Echo Allen künden: hier geht eine Sünderin, – dieses weite Schweigen senkte sich wie ein Morgennebel auf die Nacht ihrer Seele. Licht ward in ihr. – Gleich der jauchzenden Lerche die dem Dämmern des heimlichen Frühlichts freudig entschwebt, entstieg ihrem reuigen Herzen leicht ein befreiend Gebet. – Noch war es ja nicht zu spät zur Umkehr, – noch hatte das Laster das Vermögen reinen Gefühles ihr nicht aus dem Busen vertrieben. – Sie fühlte es. Und sie rang in heißem, kindlichem Flehen an den Stufen des ragenden Altars die Hände. – Unstät flackerten zu beiden Seiten die Totenkerzen die hohen und schleuderten irrende Lichter auf das Antlitz des wunderthätigen Madonnenbildes. – Der Sünderin schiens als träte in die bräunlichen Wangen Marias des Lebens entzückende Röthe und als umspielte die Lippen der Mutter Christi ein Zug von Milde, Erbarmen – Vergebung!

Sie erhob sich und schlich mit zitterden Zaudern in den Hintergrund des Gotteshauses zu einem der schweren, geschnitzten, eichenen Stühle. Ein Taumel von Reue und Gram hatte sie erfasst.

Sie kniete hin auf der harten Stufe und legte die zuckenden Lippen fast an das dichtvergitterte Fensterchen ...

Eine Weile zögerte sie.

Es war ein junger Priester vor dem sie kniete.

Sein schwarzes Auge loderte.

Ein Schauder fasste sie; sie sollte diesem Manne ...

Aber der hohe, überweltliche Feierfriede der hehren Kirche floss mählich wieder ihr lautpochendes Herz.

Sie heftete die Blicke niederwärts.

Mit bebender Angst gestand sie – alles ...

Ihre ganze leichtsinnige Schuld flüsterte sie unter Thränen dem Manne zu, dem Vertreter Gottes!

In dem Kleide der Zerknirschung stand ihr furchtbares Geständnis vor dem ewigen Richter.

Ein rüttelnde(s) Weinen zerrte an ihren Gliedern.

Die Stäbe des Gitterfensterchens tanzten ein(en) tollen Reigen.

Sie hob den Blick empor – sah die mächtigen Säulen wanken, stürzen ...

Die Sinne schwanden ihr ...

Sie lehnte mit geschlossenen Augen im Dunkel des Stuhles.

*

Sie kam mählich wieder zu sich.

Eine milde, volltönende Stimme legte ihr den kühlenden Balsam des Trostes auf die brennende Wunde der Seele.

Der Mann hinter dem Gitter war es, der zu ihr sprach, der Priester. Leise und ernst.

Sie achtete nicht auf den Sinn – der Ton allein that ihr wohl. Sie vernahm Worte von Frieden und Glück – hier und im Jenseits ...

Ihr schauerte.

Es war kalt in der Kirche.

Aber das Herz war leichter. Jetzt horchte sie auch auf den Sinn der Rede. Sie bewunderte, sie verehrte diesen Mann, der da von seinem Gotte beseelt Trost und Erbarmen geben kann ...

Jetzt vernahm sie ein paar lateinische Worte.

Mit bebenden Fingern machte sie das Kreuz.

Langsam erhob sie sich.

Des Priesters dunkles Auge blieb fest auf sie gerichtet.

Ein Gefühl innigen Dankes bewegte sie. Durch ihn hatte ihr der Himmel vergeben. – Er reichte ihr die Hand mit der Stola – und sie küsste die Hand.

Selig taumelte sie über die Schwelle der Kirche in ein neues, neues Leben! –

*

Als es Abend wurde saß die rothe Liese am Fenster ihres Kämmerchens. Sie schaute mit klarem, sonnigem Auge hinaus auf die grauen Dächer und die russigen, mürrischen Schornsteine. Ihr Herz war hell und Gedanken aus ferner Kindheit spiegelten sich in ihrem ruhigen Innern wie wandelnde Wolken im schweigenden Waldsee.

Ja, der heilige Mann im Beichtstuhl hatte ihr heute Vergebung verliehen. Vergebung des Himmels und mit ihr auch die ihrer Mutter. Gewiss – auch die schlichte, alte Frau hätte dieser Reue Verzeihung gewähren müssen.

Die Dämmerung wurde immer dichter.

Nur die Umrisse der Dächer stachen noch scharf von dem matten Grau des Abendhimmels ab, und die vielen Kamine reihten sich aneinander wie geheimnisvolle Lettern, die eine unsichtbare Hand auf die Wolken geschrieben hatte ...

Das Mädchen erhob sich. Sie öffnete Schrank und Schubfach und vernichtete alles – was sie an die entsetzliche Vergangenheit erinnern konnte, an jene Vergangenheit der Spuren der Odem göttlicher Gnade von ihrer Seele gehaucht. Da gab es Briefe und Bilder, Tücher und Blumen, welke zerdrückte Sträußchen ... Langsam legte sie alles in den Rachen des rostigen Eisenofens. Dann lohte sie ein Feuer an ... Nach und nach zog sich die bläuliche Flamme weiter und weiter, leckte roth auf, sobald sie das Papier ergriffen hatte, und fraß in rasender Eile an den schuldlosen Opfern. Liese aber stand davor und sah zu wie die schamlosen Briefchen sich spalteten und rollten und kräuselten, gleich als müssten sie sich winden in namenlosem, unendlichem Schmerze, – und dabei surrte und summte es leise als stammelten sie in Todesangst: ...» wir lügen! wir lügen...«

Ja, sie haben gelogen, sagte sich das Mädchen.

Die Flamme erlosch jäh.

Verlorene Glut irrte durch den schwarzen Aschenhauf.

Liese wandte sich ins Zimmer, und entbrannte die kleine Öllampe.

Sie nahm ein Buch vor, ein schlichtes altes Buch: Sagen, Legenden Erzählungen.

Sie schlug es auf und las von »Rosa von Viterbo.«

Sie vertiefte sich in das Leben der Heiligen – zitterte für ihr Schicksal – wie sie das Kleid voll milde Gaben zu den armen Hungernden niederstieg ... Sie vernahm gar nicht dass die Thür ihres Stübchens geöffnet wurde

Brigitte stand an der Schwelle ...

Sie grinste und hinkte auf das Mädchen zu.

Jetzt erst vernahm Liese Schritte.

Sie erschrak als sie die Alte hart neben sich sah ... Was wollte die – es musste doch schon Nacht sein? ...

Die Thorhüterin neigte sich zu ihr.

»He, he«, kicherte sie, »Fräul'n, soll niemanden herauflassen, der – der geht aber nicht ..., geht nicht« ...

Das Mädchen stieß die Alte empört von sich.

Sie eilte zur Thür, die nur angelehnt war.

Jäh riss sie sie auf.

Das Wort des Grolls erstarb ihr auf den Lippen.

Der Priester! – derselbe, der Vormittag ihr den Frieden gegeben er kam jetzt? ...

Sein Auge lohte Sünde ...

Er trat ein.

Liese schaute ihn starr an.

Sie sah wie er auf sie zukam nah, ganz nah, sie spürte schon den Hauch der gierigen Lippen ...

Sie wollte fliehen, schreien ...

Sein begehrendes Auge that ihr weh ...

Da aber fiel ihr die Beichte ein ... Vergebung durch ihn? ... Sie lachte schrill auf und warf sich dem Mann in die Arme. –

Die Alte aber schlich zur Thür und kicherte zwischen den Zähnen: Die giebts nicht auf die giebts nicht auf. ...

Zwei Schwärmer

Ein Capitel aus dem Buche der Thorheit

Berlin, den 24. März 189...

Lieber Neffe!

Da ich sehe, dass es Dir um die Sache wirklich ernst ist, und du einmal der alte Schwärmer bleiben willst, der sich immer nur von seinen Gefühlen leiten lässt, will ich meine Einwilligung zu deiner Heirat nicht versagen. Heirate! Meine Erkundigungen haben ergeben, dass das Mädchen ebenso brav wie arm ist; letzterer Umstand könnte bei deinen Verhältnissen freilich ein Hemmnis bilden, – aber ihr müsst' euch halt bescheiden, sehr bescheiden einrichten, und ich will von meinem kleinen Vermögen Euch einen zeitweiligen Zuschuss nicht versagen. Wenn es auch immer meine Ansicht war, der Mann müsse, ehe er solchen romantischen Neigungen nachgeben dürfe, fest auf den beiden, stämmigen wohlbekleideten Füßen stehen – sehe ich jetzt doch ein, dass mit so einem weltfremden Phantasten kein vernünftig nüchternes Wort zu reden ist. – Ihr Künstler seid halt vielleicht einmal so. No, ja – also, mein Junge, mög' dir dein lange ersehntes Glück recht gut ausschlagen! An dem Kraut der Ehe hat sich ja schon so mancher Wolkenkuckusheimer Staatsbürger nüchtern gegessen, und ist zu einem ganz verständigen Glied der irdischen Gesellschaft geworden ... ich will nicht predigen und prophezeihen; du könntest den alten Onkel auslachen. Also viel, viel Glück! Grüß mir dein Bräutchen und sei versichert

> dass es Dir stets von Herzen gut meint
> dein Oheim
> Paul Berger
> Chef der Firma Berger & C°

*

Mit diesem Briefe in der Tasche stürmte Erhard Bender die fünf Treppen aus seinem Atelier hinab. Endlich! Endlich hatte er den Starrsinn des sparsamen alten Herrn überwunden und seine Magda konnte sein Weib werden. Das Herz schlug ihm so laut, dass ihm der Athem ausging und er unten in der Max Josephstraße eine Weile stille stehen musste.

Es war ein grauer unfreundlicher Märztag. Ein schwerer Nebel lag prickelnd auf den weiten Gassen und der Gangsteig glänzte. Dem jungen Maler aber schien es heute schöner als an dem herrlichsten Frühlingstage, denn in seiner Brust strahlte die Sonne des Glückes und weckte da drinnen das Blühen der Hoffnung wach. – Eilig schritt er fort. – Jetzt wollte er Magda aus dem Nähgeschäfte wo sie angestellt war abholen. – Es war erst fünf Uhr nachmittags, – aber heute musste sie früher weg, musste überhaupt ihre unwürdige Stelle aufgeben. Er ging immer schneller. Er stellte sich die Freude der Geliebten vor, und sann dann weiter... Das würde jetzt ein Dasein werden voll Licht und Lust. – Jetzt würde er schaffen können – an ihrer Seite, unter ihrem Zuspruch. Freilich Zuspruch und Rath könne er von ihr schon annehmen. Sie hatte ja in ihrer Kindheit eine gar treffliche Bildung genossen. War doch ihr Vater der große M. dessen Bilder heute noch bewundert werden und der dann durch die Ungunst der Verhältnisse im Elend starb ... Ja, Magda sollte jetzt wieder gute, gute Zeiten haben... Da stand er schon vor dem großen Wäschegewölbe. – Hastig trat er ein. – Er reichte Magda beide Hände und trat an ihrer Seite in den Hinterraum. Dort waren sie allein. Er umfing sie stürmisch, küsste sie auf die Stirne und schaute dem bleichen Mädchen dann eine Weile stumm in die Augen.

Noch ahnte sie nichts. Er las die große Frage, das süße Erstaunen in ihren Blicken: Du kommst zu so ungewohnter Stunde? Und wie ein übermüthiger Junge fasste er sie nochmals, drehte sie im Kreise, dass die Dielen knarrten, riss den Brief des Oheims heraus.

Lies! rief er und seine Stimme zitterte.

Mit bebenden Fingern entfaltete das Mädchen das Blatt und trat unter die Gasflamme. – Sie las nur zwei Zeilen, dann lag sie mit einem Freudenschrei in seinen Armen. –

Vorn im Verkaufsraum drängten die neugierigen Genossinnen Magdas verstohlen zur Thür des Kämmerchens. – Drin aber waren zwei glückliche Menschen. –

*

Jetzt schritten sie nebeneinander die Nymphenburger Allee hinab der Stadt zu.

Der selige Rausch hatte einer stillen, innigen Glücksempfindung Platz gemacht, und in ihren Augen lohte das Feuer einer grenzenlosen Liebe.

Sie spürten nicht den Regen, der noch immer lautlos niederrann. Sie sprachen von der Zukunft. –

Sonnige Bilder langersehnter Freude. Sie malten sich die Zimmerchen aus, die sie bewohnen würden, und wie sie das und jenes am Besten und gemüthlichsten aufstellen sollten; und sie gedachten des Winterabends an dem sie so traulich am lodernden Kaminfeuer sitzen und sich erzählen würden von ihrem langen, bangen Kampfe um den endlichen Lohn ihrer großen, sieghaften, reinen Liebe!

Wirklich. Jetzt war es ja zu Ende das jahrelange, hoffnungslose Harren. Das Ziel, das ihnen vor einer Stunde noch unerreichbar geschienen stand plötzlich knapp vor ihnen. Sie mussten nur darnach greifen...

Sie dachten beide zugleich diesen Gedanken.

Unwillkürlich sahen sie sich an.

Und unwillkürlich dachte Ehrhard: Ob ich sie immer lieben werde?

Er erschrak über diesen Einfall.

Magda aber fühlte ihn. – Sie zuckte zusammen.

Erhard, sagte sie sehr leise, »wir werden sehr glücklich sein!«

»»Sehr glücklich««

Dann schwiegen sie.

Der Regen wurde dichter, die Dämmerung schwärzer.

Beide schwiegen.

Und wieder dachten sie an die Zukunft.

Aber jetzt kamen andere Bilder. So nüchtern kam ihnen alles plötzlich vor. –

Diese Kleinlichkeiten, dachte der Künstler. – Wie sollten sie davon verschont bleiben? Die kleinlichen Sorgen würden schon kommen. Die Worte jenes Briefes fielen ihm bei: »bescheiden... sehr bescheiden ...«

Jetzt vernahm er, dass Magda seufzte.

Er erschrak. Sie konnte doch nicht wissen ...

Ihre Tritte klatschten eintönig auf dem nassen Boden. Sonst war es ganz still. Hin und wieder erwachte der Wind in den Ästen und seufzte ...

Und beide schwiegen...

Magda legte ihren Arm fester in den seinen.

»Ist dir kalt, Lieb'?«

»»Nein, Erhard?««

Aber er fühlte wie die Kälte sie schüttelte.

Sie schmiegte sich innig an ihn.

Er schauerte zusammen.

Ein toller Gedanke kam ihm zu Sinne: Das Weib ist jetzt dein – ganz dein, – sie muss dir gewähren ...

Und er blickte seine Begleiterin an.

Dieses zarte, durchscheinend bleiche Gesichtchen mit den großen Augen in denen keusche Träume dämmerten ...

Er wandte den Blick ab.

... so eine Dirne mit frechen Augen und gierigen Lippen, die hatte manchmal in ihm etwas geweckt wie sinnliche Wuth; durch zwei, drei Gassen war er ihr gefolgt, bis der Ekel ...

Aber dieses Kind ...

Das hieße ein Verbrechen ...

Es fiel ihm bei, dass er sie immer seine Muse genannt hatte.

Seine Muse!...

*

Jetzt hob sie die Augen zu ihm.

Er wandte ihr den Kopf zu. Das Mädchen sah sehr ernst aus.

»Du wirst mich immer gern haben, Erhard?« Verhaltene Leidenschaft lag in ihrer Stimme.

»»Immer«« sagte er tonlos, immer, mein Ideal ...

»Werde ich dein Ideal auch bleiben? –« Sie sprach sehr leise. –

Erhard schwieg.

Der Regen rieselte gleichmäßig.

Die ersten Häuser der Vorstadt tauchten auf wie schwarze Riesen...

Der junge Mann ermannte sich:

»»Du wirst mein Weib«« ...

und sie schwiegen.

*

Vor Magdas Wohnung in der einsamen Quergasse standen sie still.

»Wir waren so glücklich« flüsterte der Maler.

Das Mädchen seufzte.

Er umfasste sie mit heftigem Ungestüm. – Er küsste ihr die Thränen von den heißen Augen.

Lange blieben sie so.

Ferne Schritte schreckten sie auf.

Magda riss sich los. – Schwer fiel das Thor hinter ihr ins Schloss.

Bender zuckte zusammen.

Er schluchzte laut wie ein Kind. – Der Regen schlug ihm wild ins Gesicht. Und er wankte die einsame Straße hinab. –

Sie hatten sich verstanden.

Sie sahen sich niemals wieder. –

Bettys Sonntagstraum

»Dienstag, Mittwoch, Donnerstag, Freitag, Samstag« Zählte die kleine, blasse Konfektioneuse in ihrem Kämmerchen im 5. Stockwerke. »Fünf Tage noch.« Es war ja schon Montag abend. Sogar spät am Abend. Betty aber nähte noch fleißig. Die Maschine knatterte und die kleine Öllampe schaute verdrossen drein und paffte von Zeit zu Zeit ihren Unmuth in die Luft. – Das Mädchen mit den eingefallenen Wangen aber kümmerte sich nicht darum. Ihre Gedanken waren weit weg. – Seit drei Monaten war sie jetzt in der Hauptstadt, freilich viel wusste sie nicht davon. Ihr Weg ging früh ins Geschäft durch die kleinen eckigen Seitengassen und abends wieder nachhause fünf Treppen hoch in ihr graues, winziges Stübchen. Aber sie verdiente hier viel mehr, als in der Provinz. Und unwillkürlich warf sie einen Blick auf die wohlverschlossene Lade der alten schiefen Commode, in welcher ihre kargen Ersparnisse lagen. – Dann nähte sie weiter. Und es kam ihr in den Sinn, dass sie sehr, sehr fleißig sein müsse; – wenn diese Groschen sich mehren und zu einem Sümmchen heranwachsen, dann würde sie ihrem Karl sagen: »So, jetzt, jetzt können wir heiraten.« Und die helle Freude schoss ihr in die Wangen – beim bloßen Gedanken daran. Er wird sie doch sicher heirathen, ihr Karl? Sicher. Hat ers ihr denn nicht hundertmal versprochen, wenn er sie im Provinzstädtchen früh zur Arbeit begleitete? Ja, ganz gewiss. Nun und jetzt, war er ja gar auch in die Hauptstadt gekommen – ihretwegen natürlich. Gestern Sonntag waren sie beisammen und über eine Woche ... und die kleine begann wieder an den Fingern die Tage bisdahin zu zählen – – – da stand ihr eine große Freude bevor. – Karl wollte sie ins Theater führen. – Ins wirkliche, prächtige Theater. Karl war schon oft drinnen gewesen, früher schon; denn er besaß einen reichen Oheim in der Hauptstadt, der ihn von Zeit zu Zeit eingeladen und dahin u. dorthin mitgenommen hatte. – Betty aber hatte dergleichen noch niemals gesehen. In der kleinen Provinzstadt hatte wohl einmal eine fahrende Truppe ihre Bühne aufgeschlagen; aber das war im rauchigen dumpfigen Wirtshaussaal, und das hatte ihr gar nicht gefallen. – Hier aber ... Wie gut doch Carl ist, der ihr solch ein Vergnügen zu machen weiß. Das musste ja wohl ein halbes Vermögen kosten dort eintreten zu dürfen!

Paff! Der Lampe war es endlich doch zu arg geworden. Der letzte Tropfen Öl war versiegt, sie flackerte zuerst auf und – verlöschte.

Betty saß im Dunkel. Die Maschine verstummte; Eine Weile blieb das Mädchen still. Dann begann sie sich rasch zu entkleiden und in wenigen Augenblicken schlüpfte sie unter das große rothgestreifte Deckbett. Sie schloss die Augen und athmete tief auf: ... Dienstag, Mittwoch Donnerstag ... sie schlief. –

Träume schlichen hinauf in das einsame graue Stübchen. Sie führten die kleine, müde Betty weg in ein hohes, stattliches Haus mit Säulen von lauterem hellem Gold und einem Dach aus eitel Silber ... aber wenn sie näher zuschaute, waren es doch eigentlich keine Säulen – da waren es ungeheuere Garnspulen auf denen ein riesiger Fingerhut lastete ... und sie lachte hell auf im Traume. Das war doch zu drollig!

*

Mit lauter Zählen, Hoffen und Erwarten kam der Sonntag heran. – Mit einem Freudenschrei hatte die kleine Konfectioneuse den grauen Herbstmorgen begrüßt. – Ein leichter Regen rieselte draußen und die grauen Dächer gegenüber glänzten. Der Rauch aus den Kaminen verflatterte unstät und farblos in der nebelschweren, dicken Luft. – Was kümmerte sie das – heute. – Im Geschäfte machte sie Alles verkehrt, sie, die sonst die Genauigkeit selbst war. Sie zog sich sogar eine kleine Rüge ihres Chefs zu. Aber sie lachte in einem fort. Alles kam ihr so unbegreiflich fröhlich vor. Wie sie im Verkaufsräume fast nur auf die großen Spiegelscheiben der Auslagsfenster blickte, bemerkte sie wie darauf die blanken Regentropfen niederliefen sich begegneten und trennten, sich zusammenfanden oder wieder in neue Geleise auseinanderkollerten, und das kam ihr so unsäglich spassig vor, dass sie eine halbe Stunde lachte bis ihr die hellen Thränen über die Wangen flössen. – Mittag. – Ihr Essen hatte sie achtlos hinuntergestürzt. – Rasch eilte sie heim. So schnell war sie die fünf Treppen noch nie hinaufgeklettert. Oben musste sie auch eine Secunde halten. Ihr Athem flog und auf den Wangen glühten rothe Flecke. – Aber sie gönnte sich nicht Ruh. In ihrem Zimmerchen begann sie hin und wieder zu laufen. Laden und Kastenthüre klafften weit. Alle Schätze und Herrlichkeiten, die in Linnen wohlverwahrt ruhten sollten heute heraus. »Zieh dich schön an», hatte Karl ihr gesagt. – Die Kleine trippelte und trug alle ihre armseligen verschossenen Kleinodien, die sie von der Mutter her besaß zu Hauf. Das waren ein paar feine, feine Lederschuh, die Mutter hatte sie an der Hochzeit getragen. Dann ein großes Shawl, das wollte sie über ihre Jacke thun, weil die am Kragen besonders schon recht fadenscheinig aussah. Dann legte sie das grüne Kachemirkleid zur Hand. Das sah ja noch ganz gut aus; auf den Hut steckte sie sich noch eine neue Masche auf, und die gewirkten Handschuh durfte sie nicht vergessen. – Dann zog sie sich an. In einer halben Stunde war sie fertig. Sie sah nach der Uhr. Kaum fünf. Sie seufzte. Aber da und dort gab es ja am Anzüge noch zu ordnen, zu richten und zu stecken. Schließlich legte sie um den Hals noch das große Goldkreuz an dem schwarzen Sammetband, das theuerste und wertvollste Erbstück der Mutter.

Dann setzte sie sich nieder. Arbeiten konnte sie nichts mehr. Wie langsam diese Uhr tickte. Und sie begann wieder auf und ab zu trippeln. Trug den Shawl vom Stuhl zum Bette, vom Bette zum Stuhl und glätte(te) jedes Mal die Falten und Fältchen desselben. Richtig! noch ein Seidentuch besaß sie ja. Das wollte sie als Taschentuch mitnehmen. Sie nahm es vor, glättete sorgfältig wieder das Papier, in dem es verhüllt gewesen war, und steckte das Seidenzeug zu sich. –

Endlich war es Zeit. – Zehnmal trat sie wieder u. wieder vor den Spiegel, bis sie sich überzeugt hatte, dass alles gut saß. Der Hut schien ihr selbst wie neu und die altmodische Jacke verdeckte das gelbe Hülltuch; Sie war mit sich zufrieden. – Kaum konnte sie ihre Thür versperren, so zitterte sie vor Freude. Sie stürzte die Treppen hinab. Der Hausbesorger, den sie heftig anstieß im Vorübereilen, fluchte und schaute ihr kopfschüttelnd nach. – Sie war unten. Der Regen hatte aufgehört. Karl stand am Eck. Vom Weiten erkannte sie ihn beim Schein der Laterne. Er trug einen gelben Überrock und sehr rothe Handschuh: Wie vornehm er aussieht, wie ein Graf, dachte Betty und lief ihm lachend entgegen. Sie reichten sich die Hand. Dann gingen sie. Das Mädchen sprach in einem fort. Auch ihr Begleiter war guter Dinge. Sie hätte gern etwas über ihren Anzug gehört; aber er sagte nichts. Eigentlich kränkte sie das. Aber da ward sie eines Gassenjungen gewahr, der in den Pfützen am Rande des Gangsteiges herumtappte. Das war sehr niedlich anzusehen und sie lachte wieder so laut, dass die Leute sich umschauten und Carl ein etwas unwilliges Gesicht machte. –

Das Theater war voll. Die Logen füllten prächtige Toiletten und reiche Uniformen. – Im Parquet war noch ein Kommen und Gehen, Aufstehen und Sesselklappen. Leichte Grüße wurden getauscht hie und da ein paar Worte geflüstert…Wie das Summen eines Bienenstockes klang ein Murmeln durch die hohen, goldgeschmückten, lichten Räume; auf der Gallerie ab und zu laute Stimmen, die heftiges »Pst« hervorrufen. – Betty saß dort oben wie berauscht. Sie musste von Zeit zu Zeit die Augen schließen. Es war ihr, als müsste ihr diese Fülle von Licht das Hirn ausbrennen. Sie war selig. Bald war es ein Bild an der Decke, bald ein Zierrat an der Seite, bald wieder eines der kleinen Amorettchen, das die Brüstung der Gallerie mit Gypsrosen umwand, das ihr Entzücken im höchsten Grade wach rief. Unaufhörlich machte sie Karl auf all die Herrlichkeiten aufmerksam und sprudelte mitten dazwischen Worte des Dankes heraus für die große, große Freude, die er ihr bereitet. Karl schwieg. Er ärgerte sich. Die Leute herum wurden schon aufmerksam und machten ihre Bemerkungen. Neben ihm auf der anderen Seite saß ein junges, schönes Frauenzimmer, die ihn fast mitleidig ansah. Der Commis empfand etwas wie Scham. Er that, als gehe ihn das Geplauder seiner Nachbarin nichts an, und strich mit weltmännischer Gleichgültigkeit in einem fort sein fettes, glattgekämmtes Haar. – Die glückliche Betty aber bemerkte seine Verstimmung nicht. Sie schaute umher in den prächtigen Räumen, betrachtete die vornehmen, reichgekleideten Menschen und ihre ganze kleine, lichtarme Seele war voll Bewunderung Jubel und Dank. –

*

Die letzten Accorde der Operetten-Ouvertüre kletterten kichernd bis zur Gallerie hinauf. Sie schwangen sich auf bis zum barocken Stuck der Decke und schienen dort leise zu zerfließen. Für einen Augenblick rann ein Flüstern und Wispern durch die Weiten, aber das erste Glockenzeichen zerschnitt den Lärm. – Still. Der Vorhang rauschte empor. Betty schaute unverwandt auf die Bühne. Beide Ellenbogen hatte sie auf die Brüstung gelegt und den Kopf in die Hände gestützt. Alles um sich hatte sie vergessen. Dort sah sie eine herrliche Landschaft und reich gekleidete Menschen; und jetzt als

Trommeln wirbelten, Trompeten schmetterten und der Chor in einem flotten Antrittslied sich einführte, da glaubte sie vor Seligkeit vergehen zu müssen – auf der Stelle.

Karl sah mit der Miene eines Menschen den nichts mehr überraschen kann, drein. Froh, dass Betty so vertieft war, fand er Gelegenheit sich mit seiner Nachbarin zu beschäftigen, die fest an ihn geschmiegt, – die Sitze sind so eng auf der Gallerie – ins Weite schaute. Er beobachtete sie. Bei den Ringellöckchen fing er an, die tief in die Stirne hinabfielen, streifte mit dem Blicke das zarte Profil mit dem feinen etwas vorlauten Näschen, den hochrothen sinnlich aufgeworfenen Lippen, dann den vom dünnen Satinstoff eng überspannten wogenden Busen und hinab, hinab bis zu dem spitzen vertretenen Lackstiefelchen, das den Takt eines kecken Liedes mechanisch mithämmerte. Zwei, drei Mal wiederholte er dieses Manöver. Beim Dritten Male blieb sein Blick an den blauen großen Augen des Mädchens haften eine ganze, lange Weile. Sie zuckte mit den Schultern und schaute auf. Der Commis ward roth bis über die Ohren und biss sich die Lippen. – Seine Nachbarin aber rückte noch näher an ihn. Er fühlte ihre weiche, warme Schulter, und es durchrieselte ihn vom Scheitel bis zur Sohle. Er empfand wie ihm heiß ward. Langsam wischte er sich mit dem Taschentuch die Stirne. Da wandte sich Betty auf einmal lachend zu ihm: »Schau,« – ihre Augen glänzten – »schau, wie komisch!« Er fuhr wie aus einem Traum, schaute erst ziemlich dumm drein, fasste sich dann und lachte ein wenig mit. – Die kleine Konfektioneuse aber hatte wieder nur Aug' und Ohr für die Vorgänge auf der Bühne.

Karls Nachbarin ließ jetzt ihr Taschentuch fallen. Der bereitwillige Galan bückte sich mit verbindlichem Lächeln. Sie sprach ihn an. Er antwortete erst verlegen, dann immer dreister und dreister, und steigerte seine Liebenswürdigkeit endlich bis zu jenem hinreißenden Grade mit welchem er besonders pünktlichzahlende Kunden auszuzeichnen pflegte. Er ließ seiner tropenreichen Rede freien Fluss, sprach von der Schönheit der Frauen und ihren Reizen, wie es in dem Colportageroman stand, dessen schönste Stellen er täglich vor dem Einschlafen auf's Neue durchlas. Seine Schöne berauschte sich in ihren Sitz zurückgelehnt an dem Weihrauchduft dieser Schmeicheleien und strafte ihn nur manchmal, wenn er zu kühn wurde, indem sie ihn mit dem Fuß anstieß, was ihn stets verlegen machte und über und über erröthen ließ. Endlich hingerissen durch den Zauber seiner Nachbarin bückte sich Karl um ihre kleine weiche Hand zu küssen ... Da ward es hell. Der erste Act war vorüber. Wie ein ertappter Schuljunge fuhr der Commis zurück und setzte sich mit komischer Grandezza zurecht. – Zu dumm! Er hörte wie seine Schöne kicherte. Da wandte sich auch noch seine Begleiterin zu ihm und begann ihn wieder mit einer Flut von Begeisterung und Dankesversicherungen zu überschütten, dass er Gott dankte, als das Theater sich wieder verdunkelte und die entzückte Betty ihre ganze Aufmerksamkeit wieder dem Stücke zuwandte.

Eigentlich that sie ihm leid, seine Betty! Wie herzlich u. innig sie ihm dankte! Sie war doch ein gutes Wesen und er dachte, wie er ihr immer gesagt hatte: »Wir werden uns heiraten« ... und jetzt? ... Schämen sollte er sich. – Er wollte alles wieder gut machen; sich um seine Nachbarin nicht kümmern, auf die Bühne schauen und der guten Betty treu bleiben. Sicher – er hatte sie ja doch sehr gern. – Er schaute also auf die Bühne. Dort sang ein schmachtender Liebhaber zu Füßen seiner Angebeteten schmelzenden Schwüre. Karl vertiefte sich in das Wesen der Handlung so gut er es vermochte, berechnete dabei gewohnheitsgemäß wie viel Meter doppeltbreit die Sängerin zu ihrem reichen Kostüm gebraucht habe ... Da fühlte er wie sich ein Arm leise unter den seinen schob. Wie geschmolzenes Blei rann es ihm über den Rücken. Er rührte sich nicht. Seine blonde Nachbarin raunte ihm ein paar Scherzworte ins Ohr über Betty. Er war empört. Über seine Betty. Da musste er als des Mädchens Cavalier, – o, er wusste gar gut was er musste ... Rasch wandte er sich der schönen Frevlerin zu. Aber das Wort erstarb ihm auf den Lippen, als er ihr hochgeschminktes lachendes Gesichtchen knapp vor sich sah, den weichen Mund zu einem kecken Lachen geschürzt ... Alles was er sagte war ohngefähr: O, bitte schön, bitte schön. –

Fortan ließ ihn das Mädchen nicht mehr aus ihrem Bann. Sie wiederholte ihre freien Scherze, die sich zum Theil auf Bettys Aufmerksamkeit, zum theil auf ihr ärmlich herausgeputztes Äußere bezogen, und Karl lachte mit, anfangs gezwungen, später aber stimmte er voll ein und stellte zwischen seiner rechten und linken Seite Vergleiche an, die sehr zu Gunsten der übermüthigen Blondine ausfielen. Ja, als der zweite Akt vorüber war, und die arme Kleine ihm ihr blasses Gesichtchen mit den matten Augen zuwandte, erschrak er über ihre Hässlichkeit und konnte gar nicht begreifen wie er bisher so verblendet gewesen war, sich mit diesem Wesen abzugeben. Seinen kleinlichen Verstand bedrängten jetzt auch andere Gedanken. Hatte er auch dem abscheulichen Ding da das Theater zahlen müssen! Was das gekostet hatte! Und er rechnete rasch wievieler Tage das wieder brauchte um diese Lücke seiner ohnehin mageren Geldtasche zu füllen. Zu ihrem letzten Namenstage hatte er ihr auch noch Blumen gebracht. Er gab sich die entsetzlichsten Scheltworte und rückte immer weiter von der geschmähten Geliebten weg, so dass er, wenn er den Kopf ein wenig nach links neigte, schon die Löckchen seiner neuen, schönen Freundin zu berühren glaubte.

So begann der 3. Akt. Seine Nachbarin ward immer munterer und lauter, so dass bereits von unten eindringliche »Pst«! und mahnende Blicke heraufgeschleudert wurden. Mitten im Akte erhob sich die schöne, die wie er einstweilen vernommen hatte, Dora hieß: Sie neigte sich zu ihm, dass er ihren Athem spürte: »Mir ist zu heiß hier, ich fühle mich unwohl ... und so viel Menschen«, fügte sie wie rathlos hinzu. Karl überlegte: was sollte er thun? Sollte er sie begleiten? Und Betty! Ach was Betty! Er konnte ja dann 'wiederkommen – und schließlich ... Zwei Minuten später bahnte Karl seiner Verführerin den Weg durch die ärgerlich ausweichenden Menschen. –

Betty hatte nichts bemerkt. Die Operette neigte sich dem Ende zu. Das arme Mädchen, das aus ihrem lichtlosen Leben ganz in die tönende Athmosphäre der heiteren Handlung sich versetzt fühlte, wandte kein Auge von der Bühne und erwartete mit angehaltenem Athem die Vereinigung der beiden Liebenden dort unten. Sie zitterte für ihr Glück. Sich selbst setzte sie an Stelle der schönen reichen Bühnen-Prinzessin und ihr Karl, ihr guter, guter Karl, das war ihr Prinz ... Und sie lachte vor Freude und Glück über diesen gelungenen Vergleich. Jetzt waren alle Hindernisse dort überwunden. Der Vater hatte ja gesagt, der Nebenbuhler war entflohen und Prinz und Prinzessin schritten unter den Klängen eines stolzen Marsches zur Kirche –. So werden auch wir dachte sie – ich und Karl zur Kirche gehen ... und ohne den Blick abzuwenden griff sie nach der Hand ihres Geliebten. Zwei, drei Mal tappte sie in die Luft, dann stieß sie hart auf das Holz des Sitzes neben ihr. Erschrocken sah sie auf. Die Plätze neben ihr waren leer. »Karl« rief sie, auf ihre Umgebung vergessend. Ihr Schrei verhallte in dem lauten Applaus. Sie aber war wie gelähmt. Alle Leute rings waren schon aufgestanden und eilten dem Ausgang zu. Endlich folgte sie ihnen. Sie ließ sich von der Menge drängen und schieben. Sie wusste nicht wie ihr war. Die Augen standen ihr voll Thränen. –

Da quoll ein dichter Menschenstrom aus den Räumen wo das Büffet war. Dort, dort erkannte sie auf einmal Karl. Ja, gewiss er war es! Sie drückte sich vor. Aber als sie zehn Schritte weit entfernt war bemerkte sie das Frauenzimmer an seinem Arme. – Sie blieb starrstehen. – Ein heftiger Schmerz stach sie im Herzen. Alles, Menschen, Säulen, Gänge begann sich mit ihr zu drehen. Sie hielt sich an der Wand fest. –

Langsam erholte sie sich wieder.

Mühsam stieg sie die Treppen hinab. Hier und dort spöttelten ein paar Diener über sie. – Sie sah nicht was um sie geschah. Ihr war so eng in der Brust. Sie rang nach Athem. Sinnlos stürzte sie durch die nächste Thür ins Freie. Der kalte Wind fuhr ihr ins Gesicht. Da packte sie rauh jemand bei der Schulter. »He« rief der Thürsteher und riss sie zurück. Im nächsten Augenblicke wäre sie unter die Räder einer stattlichen Carosse gerathen, die eben auf der Rampe vorfuhr. – Sie schlich sich seitwärts – und blieb vor dem Theater stehen. Sie konnte nicht weiter. Die Füße waren ihr wie Blei. Es wirbelte ihr im Hirne. In den Ohren hörte sie Musik, frohe, hüpfende Klänge, aber nein, dann war es wieder wie das Knattern der Nähmaschine und dann war ein ungeheures Brausen ... Die Sinne vergingen ihr. Als sie wieder zu sich kam, stand sie noch immer an dieselbe Säule gelehnt vor dem Theater. Der Platz war längst leer, die Lampen waren verlöscht. Ein toller Herbststurm tanzte vor ihr einen wüthenden Wirbeltanz und riss Staub und Papierfetzen in weiten Kreisen mit sich. Sie fröstelte. Ein Husten befiel sie, ein rauher, unbarmherziger, quälender Husten. Die rothen Flecke erschienen auf ihren Wangen, und es überkam sie ein Gefühl von Einsamkeit und Hilflosigkeit. Ein schluchzendes Weinen stieg aus ihrer beklemmten Brust. Sie presste das seidene Tüchlein das sie kaum zu entfalten gewagt hatte fest an die Augen. – Die Kälte trieb sie vorwärts. Achtlos trat sie mit den dünnen Schuhen in die schmutzigen Pfützen und das Ende des sorgfältig gehegten Shawles. schleifte

durch den Straßenkoth ... So wankte sie fort in die heulende, lichtlo-
se Herbstnacht ...

Totentänze

Zwielicht-Skizzen aus unseren Tagen

I

Und doch in den Tod

Ein Augustmorgen ging goldsohlig an mir vorbei in den Wald.

Ich lag da im krausen, glitzernden Moose und schaute ihm nach. Ich sah, wie er lichtgrüne Reflexe auf den silberweißen Kies schleuderte, als streute er Malachitkrystalle um sich her. Und ich vernahm seinen leisen, leichten Schritt, der die staunenden Blumen erweckte aus dem langen, lieblichen Schlummer.

Ich streckte die Arme weit aus und blickte jetzt nur die hohen Lärchenwedel, die sich leise wiegten her, hin – her, hin, als sollten sie den blauen Himmel blank scheuern. Und er war doch so klar!

Jetzt regneten mir silberne Pünktchen in die Augen, dicht, immer dichter, bis eine Fülle von Glanz auf ihnen wuchtete. Da schloß ich die Lider. Licht war in meiner Seele – und ich atmete tief und ruhig das starke, würzige Waldarom ...

Und da knackten die Äste. Ich rührte mich nicht. Aber ich dachte dunkel und verschwommen:

Ein Reh – gewiß. Und ich stellte mir unwillkürlich das braune zartgelenkige Tier vor, wie es neugierig und zaghaft mit großem, schwarzem Auge aus grünem Blätterrahmen zu mir herüber staunt ...

Es knackte wieder.

Aber das waren menschliche Schritte.

Ich ward nüchtern. Mit jenem unwillkürlichen Schreck, den man empfindet, wenn ein Fremder uns in Träumen überrascht, richtete ich mich empor.

Ich musterte die Runde.

Nichts.

Da – doch. Hinter dem Buschwerk: Eine Gestalt. Ein Mann. – Sein Gesicht sah ich nicht. Er trägt einen grauen Rock. – Ein Jäger, denk ich. Ich will mich wieder zurücklehnen. Aber – ich habe doch keine Ruhe.

Lautlos, als hätte ich Angst, erhebe ich mich. Und da im Augenblick starrt mich ein Gesicht an, ein verzerrtes verhärmtes Gesicht, mit zwei unsteten, glimmenden Augen ... Eine Hand hält er hoch. Und diese Hand – mein Gott – diese Hand preßt eine kleine Schußwaffe an den flachen Schlaf ...

Der Mann hat mich bemerkt. Schlaff fällt ihm der Arm herab.

Ein kaltes höhnisches Lächeln umfurcht seine tief gezogenen Mundwinkel.

Wir stehen einander stumm gegenüber. Sein Blick glimmt Zorn.

Ich fasse Mut. Hart trete ich an ihn heran. Und ich sage nur ein Wort mühsam aus trockener, enger Kehle heraus:

»Warum?«

Und da lacht er. Ein Lachen, das den heiligen, blauen Morgen zerfetzt.

Mich fröstelt. – Er aber schweigt.

So stehen wir beide regungslos. – Hoch über uns rauschen die Wipfel. –

Und dann packt den Mann vor mir ein Schluchzen, das ihn rüttelt. Und er kniet hin und faltet die aderreichen Hände:

»Ich kann nicht leben« – stammelt er. – »Ich kann nicht ...«

Ich lasse seinen Schmerz austoben.

Er wird ruhiger. Das Pistol birgt er in der Tasche. Und er erzählt mir:

Er hat ein Weib daheim. – Er liebt dieses Weib. Und sie ist gut und sorglich.

Aber es kommen Tage, da ihr Aug' (sie hat blaue Augen) grün ist, ihre Wange bleich, und da ihre Lippe begehrlich sich wölbt, als schlürfe sie den süßen Duft eines trauten Geheimnisses.

»Dann nennt sie mich beim Zunamen. Berger, sagt sie, und sie nennt mich sonst nie so. Dann weicht sie mir aus und schlägt die

Lider nieder, wenn ich sie anschaue, dann ist sie vergeßlich, fremd, abwesend. –

Sie ist krank, dachte ich. –

Aber das geht immer vorüber.

Und neulich war es wieder so. Ihr Aug' war über mich weg in weite Ferne gerichtet, ihre Hand bebte ...

Als sie in ihr Zimmer gegangen war, schlich ich nach.

Und durch eine Ritze sah ich, wie sie drinnen weinend auf den Knieen lag und welke Blumen küßte – küßte mit einer Inbrunst, wie sie mich nie geküßt, auch in der Brautnacht nicht!

Und seither weiß ichs. – Sie hat jemand geliebt, vor mir geliebt. Sie liebt ihn noch!« Am ganzen Leibe bebend schrie er das in den Wald. –

»Und in diesen Tagen, da berauscht sie sich an dem heißen Duft ihres verwelkten Glückes. Und so betrügt sie mich. – So wirft sie sich, die mir allein gehören soll, in die Arme eines Schattens ...«

Tonlos ging sein Wort aus. – Und inniges Mitleiden beseelte mich. Ich schob meinen Arm unter den seinen: »Kommen Sie.« Und jetzt sprach ich ihm beruhigend zu.

Er möge offen gegen sein Weib sein. Ihr sagen, was ihm Kränkung bereite; sie werde ihm gewiß mit Offenheit vergelten. Dergleichen mehr.

Er wurde wirklich gefaßter.

»Sehen Sie,« sagte ich, »das Mitgefühl mit Ihnen, Herr Berger, und die einsame Stille des Waldes, heißt mich Ihnen ein Stück meines Lebens erzählen. – Jahre sind's her. – Ich liebte ein Mädchen. – Für dieses Mädchen strebte und schaffte ich. Und eines Tages wußte ich: sie hintergeht dich. – Und ich blieb ganz ruhig. Ich ging in die einsame Heide hinaus. In meiner Brusttasche war ein geladener Revolver. Ich fühlte, für mich gab es nichts, als den – Tod. Und ich stand draußen in der öden Weite und blickte um mich. Niemand. – Ich griff also in die linke Tasche – und wie ich die Waffe fasse, ziehe ich ein Stück Papier mit heraus. Unwillkürlich betrachtete ich dasselbe.

Es war eine kleine, schlichte Novelle von duftstarker Poesie, die ich einmal in glücklicher Stunde geschrieben. Und ich las zwei, drei Zeilen.

Und dann setzte ich mich auf den Rain, legte das Pistol neben mich und las fort.

Wie Öl flossen die schlichten, innigen Worte in den Sturm meiner Seele hinein. Nach einer halben Stunde ging ich klaren Auges stadtwärts. – Ich wußte, es gibt eine Heilung für mein Weh. Eine starke Arzenei: Arbeit. –

Das ist meine ganze Geschichte.«

Der Mann neben mir schaute mich groß an – mit dankbarem Blick. Er sagte nichts. Aber er faßte meine Rechte mit beiden Händen und drückte sie. – Schon dieser kräftige Druck sagte mir: – er ist dem Leben wiedergewonnen. –

Wir gingen selbander fort weiter in den Wald. – Der schimmernde Augusttag goß goldenen Frieden in unsere gerührten empfänglichen Herzen. Wir schwiegen; aber wir blickten uns von Zeit zu Zeit an, wie gute, alte Freunde; wir verstanden uns. –

Und später plauderten wir. Leichthin über Vergangenes und Zukünftiges, Erinnerungen und Wünsche. – Und seine Worte klangen so ruhig, so friedlich in die Mittagsstille. –

Dann plötzlich fragte er: ... »Und haben Sie ganz verschmerzt«...

Ich betonte: »Ganz«...

Er blickte mich forschend an: »Wirklich?«

»Wodurch soll ich Ihnen beweisen?« meinte ich obenhin.

»Wodurch?« – Er sann nach.

Dann lächelte er: »Sind Sie im Stande, den Namen des Mädchens ganz ruhig auszusprechen?«

»Wie denn nicht: Helene Croner.«

Da kracht neben mir ein Schuß. Mit zerschelltem Schädel wälzt sich Berger im Moose. – Er blieb auf der Stelle tot.

Am nächsten Tage durchblätterte ich die Zeitung. Auf dem letzten Blatt im äußersten Eckchen stand die schonend gehaltene Todesanzeige Berger's. Unterzeichnet war dieselbe:

Die tieftrauernde Witwe
Helene Berger,
geborene Croner.

II
Das Ereignis

Eine ereignislose Geschichte

Man saß beim Tee bei Frau von S... – Auf dem blendend weißen Tischtuche stand der mächtige russische ›Samovar‹ und begleitete mit melodischem Summen die Gespräche. Die Ereignisse des Tages waren nach allen Seiten gewendet und gedreht worden, die Kunstausstellungen und Theater boten keinen allzureichen Stoff im Frühherbst. Es drohte eine jener Pausen einzutreten, welche wie dicke Luft alle bedrückt und ängstigt, und in welche dann die Kaffeelöffel und Tassen laut und gellend hineinklingen.

Aber die Hausfrau empfand die Gefahr. Frau von S..., eine noch junge, rotblonde Witwe, machte den Vorschlag, jeder sollte die interessantesten Begebenheiten seines Lebens erzählen. Beifall.

Ein junger Mann, von des Zufalls und weiland seines Papas Gnaden Baron, – begann. –

Er näselte ein paar Abenteuer, mühsam und von dem Lachen über die Fürtrefflichkeit seines eigenen Witzes immer wieder unterbrochen, hervor; Abenteuer, deren Szenerie immer ›Bretter‹ oder ›Brettchen‹ von der Bedeutung der Welt, deren Hauptpersonen jene Damen mit den kurzen Röcken und dem kurzen Verstand, mit leichten Füßen und noch viel leichterem Herzen waren. – Mehrere Male war die Dame vom Hause gezwungen zu hüsteln, wenn der glattrasierte, blinzelnde Freiherr sich allzu eingehender Detailmalerei befleißte. Dann kniff er wie beschämt seine farblosen Augen zusammen und errötete bis an die spärlichen mattblonden Haupthaare.

Endlich hatte er geendet. – Er meckerte in seiner Weise ein Lachen vor sich hin. Die Herren lachten mehr oder weniger herzlich mit, die Damen hatten die Teetassen an den Lippen, so daß man ihre Mienen nicht gut betrachten konnte.

Hierauf polterte ein Major ein paar Erinnerungen wach, sprach, lachte, fluchte und kommandierte in einem fort, ohne Rast, daß es klang wie Kleingewehrschnellfeuer ...

Und dann Der und Jener.

Einer wußte auch von Ägypten zu erzählen. Lebendig schilderte er die Wüstenreise mit ihren Schrecken und Fährlichkeiten.

Dann lehnte er sich zurück, sprach mit leiser, weicher Stimme von den Mondnächten am Nil und der Pracht des Lotos.

Eine träumerische Rührung lag über allen, als er geendet. –

»Und nun kommt die Reihe an Sie, Herr Savant«, wandte sich die Frau vom Hause an einen etwa dreißigjährigen blassen Mann.

Er erhob bei der Aufforderung sein großes, graues Auge.

Um seine Lippen huschte unstet ein Lächeln.

Ein irres, müdes Lächeln.

Wie ein Mondstrahl in einer Herbstnacht durch ein Distelfeld geht.

Aller Augen waren auf ihn gerichtet.

Er betrachtete jetzt seine Fingernägel.

Er seufzte leise.

Und hub dann an, ohne aufzublicken.

»Sie werden mir nicht Glauben schenken, wenn ich Ihnen sage: Ich habe noch nie etwas – erlebt. –

Nie.

Mein Leben rollt hin wie der Regentropfen vom Dache. Gleichmäßig, blöde, monoton.

Und so war es immer. –

Und es ist schrecklich, daß es immer so war.

Aber ...

Doch Sie sehen, gnädige Frau, ich wüßte keine erfreulichen Worte zu sagen, daher gestatten Sie mir zu schweigen.«

Aber da gabs heftigen Widerspruch!

Und die Hauswirtin scherzte in das allgemeine Geraune hinein: »Jetzt müssen Sie fortfahren, Herr Savant; Sie haben uns einmal neugierig gemacht, und wir Frauen können das nie ungestraft hingehen lassen.«

Der junge Mann richtete sein Auge, als blickte er durch Alle hindurch, ins Weite.

»So sei es«; lispelte er trocken.

»Muß weit ausholen; will es aber kurz machen.

In meinem Herzen liegt ein Drang nach Großem, Mächtigem, Ungewöhnlichem! Immer, als Knabe schon, empfand ich diesen Drang. Ich las die Märchen alle in mich hinein. Und aus den Bruchstücken, die mir die schönsten schienen, baute ich das Märchen meiner Kindheit. – Kein erlebtes, aber ein erträumtes. Denn die Tage meiner Jugend flossen so eintönig dahin, wie ein Bach im Flachland. Keine Erregung, kein Unfall, kein Geschehnis, das in meine Seele tiefer hätte greifen dürfen. – Die Mutter war weich und empfindlich, mürrisch und düster mein Erzeuger. Ich empfand eine gewisse naturgemäße Anhänglichkeit, die ich gern Liebe genannt hätte, für sie. Frühzeitig starben beide. Ich weinte. Aber ohne Schmerz. Nur weil ich einen Druck in den Lidern fühlte. Dieselbe Last, die man zu empfinden vermeint, wenn man in allzu grelles Licht sieht.

Herzlich gern ließ ich das Vaterhaus, seine düsteren Stuben voll steifbeiniger melancholischer Lehnstühle.« –

Der Baron hüstelte. Die anderen aber waren gespannt und blickten etwas unwillig nach dem Störer. Er schwieg also.

»Hinaus,« – fuhr der Erzähler, der nichts bemerkt hatte, fort – »hinaus, dachte ich, gehst du jetzt in die Welt, ins Leben, von dem sie immer erzählt, daß es wild, stürmisch und wechselvoll ist. Du wirst kämpfen dürfen! Und ich zog hinaus. –

Aber ich mußte nicht kämpfen. Das Schicksal wollte es nicht. Ich fand Freunde meines Vaters, die sich freuten, mir Gönner sein zu können. – Sie ließen mich die Mittelschule besuchen, gaben mir Nahrung, Kleidung, Wohnung, und wieder rollte das bleierne Einerlei über mich seine Nebel. Nur daß ich in helleren Zimmern saß, etwas mehr Fleisch genoß als zu Hause und daß ich Suppe mit Gewürzen aß, was der Vater nicht hatte mögen.

Und die Hochschule kam. Manche Zeit war ich fleißig. Aber es trug mir kein besonderes Lob ein. Ich ließ die Arbeit im Stiche. Aber ich fiel nicht durch; nein, ich kam gerade recht in die monotone Beamtenbahn hinein.

Ich mietete das Zimmer, das ich heute noch bewohne. Das echte Mietzimmer für ledige Herren mit Kleiderständer und eisernem, winzigem Waschtisch.«

Ein Schauer rüttelte den jungen Mann. Er schloß eine Weile die Augen, und dann: »Es kam ein Tag, wo ich das erste Ereignis meines Lebens nahe wähnte. Ich glaubte ein Weib zu lieben. Mit einiger Erregung gestand ich ihrs. Sie war auf der Stelle mit sich einig. Wir verlobten uns.

O hätte es nur einen Widerstand, einen Zwischenfall gegeben!

Hätte sie sich geweigert und mich den herrlichen, süßen Kampf kämpfen lassen, als dessen Preis sie Leib und Seele setzen durfte. Aber nein, nein. Und ich malte mir in Gedanken aus, wie dann Alles doch nur glatt im alten, ausgefahrenen Gleise gehen würde. Ich bebte davor. Und als ich eines Nachmittags im Kaffeehause saß (ich sitze nämlich seit zehn Jahren täglich von vier bis sechs im Kaffeehause), – da schrieb ich ihr ab. Mit paar Worten auf einer einfachen Karte, in ungelenken Sätzen, die schmutzig aus der abgenutzten Gasthausfeder herausflossen. – Ich fühlte, daß es ja doch dies nicht sein könne, was man Liebe nennt. Denn ich war ja die ganze Zeit so ruhig gewesen. Nein, gewiß sie war mir ganz gleichgiltig. – Aber mit boshafter, toller Freude stellte ich mir dafür vor, welchen Schrecken meine Zeilen hervorrufen würden. Welchen vielleicht unheilbaren Schmerz ich durch meine Absage in dies Frauenherz schleudern konnte ...

Sie würde voll der Vorwürfe zu mir kommen, mich zur Rechenschaft ziehen – und ich, ich würde dann kalt und hochmütig sie von mir weisen – aus Übermut, nur um endlich, endlich etwas zu – erleben. Mit diesen Gedanken ging ich aus dem Kaffeehaus heimwärts. Auf meinem Tische lag ein Brief. Ihre Handschrift! Ich reiße ihn auf: Ihre Absage! – Ebenso kalt, nüchtern und ruhig wie meine, die unterwegs sein mußte.«

Und Herr Savant stützte den Kopf in die Hände und schwieg.

Ganz schüchtern klapperten die Löffel. Der ›Samovar‹ war verstummt, als müßte auch er lauschen.

Niemand hatte Lust ein Wort zu sagen.

Nur der Major brummte etwas in seinen struppigen Bart.

Der junge Freiherr fuhr mit der beringten, weißen Hand hin und her über seinen Kahlkopf. Er sah jetzt sehr dumm aus.

Nach ein paar Sekunden hob der junge Mann wieder sein Haupt. Er musterte mit großem Auge die Runde und sagte dann träumend:

»Also – nichts; – wieder nichts.

Wieder trollten Tage, Wochen, Monate, Jahre vorbei.

Eines dem anderen zum Verwechseln gleich.

Täglich kam ich abends nachhause zur selben Stunde.

Täglich wußte ich: der Schlüssel wird krachen, wenn ich ihn ins Schloß stecke, sich erst nicht drehen lassen und dann nach einer Sekunde mir leicht und willig die Tür öffnen, – auf dem Schreibtisch werden ein oder zwei bedeutungslose Briefe harren, und die Schlafschuhe werden beim Lehnstuhl liegen, statt unterm Bette, wohin ich der Bedienerin sie zu legen befohlen hatte.

Und täglich kams so. –

Einmal noch eine Unterbrechung. Mir ward ein Verhaftbefehl zugestellt. Ich war mir keines Vergehens bewußt. Aber alles jubelte in mir: ein Ereignis. Ich zog mich sorgfältiger denn sonst an, mich zu Gericht zu begeben in Begleitung des draußen harrenden Schutzmannes. Allein ich war noch nicht angekleidet, da trat ein Beamter bei mir ein, erzählte von einer Verwechslung und bat mich um Vergebung ob der Belästigung ...

Und dann wieder Jahre ...

Wie oft hab ich schon ein Verbrechen begehen wollen.

Vergebung, gnädige Frau«, unterbrach sich Savant, als er bemerkte, wie erschrocken ihn Frau von S... anblickte. »Sie haben verlangt, daß ich erzähle, und ich will nichts verschweigen. Ja, ich war oft daran, ein Verbrechen zu begehen; denn ich will, ich muß mit aller Gewalt endlich ein Ereignis hereinzerren in mein graues, grausames Leben!« Sein Auge lohte, wie das eines verwundeten Wildes.

»Den Nächsten erschlagen! So packt es mich oft auf der Straße. Aber dann fehlt mir das Mittel und die Kraft. Und ich stehe da, wie ein blöder Schulbube, der die Federn vergessen hat und schreiben soll ...

Oft auch geh ich aus mit dem Pistol in der Tasche. Aber dann begegnen mir nur Leute, auf die zu schießen mich ekelt. Kleine verschrumpfte Gestalten, die mit dem bißchen armseliger Daseinskraft am Leben haften, wie die Spinne an ihrem Faden. Und wieder markige Arbeiter, die das Recht des Lebens an ihren schwieligen Händen tragen und auf der dumpfen, rußigen Stirn. –

Wenn ich doch wenigstens wahnsinnig würde, das ist mein Gebet, wenn ich nachts schlaflos daliege.

Und bisweilen, da ist mir auch: Jetzt kriecht es herauf. Schwül und schrecklich. Und jetzt kichert es mir im Schädel und lacht mich aus – lacht ... und ich lache mit, laut und gellend. Aber dann ist es doch nicht. Ich nehme ein Zeitungsblatt und lese zwei, drei Zeilen, und sehe, daß ich alles noch erfasse Wort für Wort, Satz für Satz. – Nein, auch wahnsinnig darf ich nicht werden! Auch das nicht.« Savant kämpfte ein Weinen zurück.

Alle saßen stumm da und blickten entsetzt auf den Sprecher. Nur der Major, der krebsrot war, hackte mit dem Sporn des linken Fußes leise gegen die Dielen.

Das klang wie Totenwurmpochen.

Ein Schauer ging durchs Zimmer.

Keine Tasse regte sich.

»Ich bin zu Ende«, raunte der Unglückliche jetzt matt und klanglos.

»Ein anderer könnte glücklich sein in diesem glatten, farbenarmen Leben. Er könnte gut und viel essen, die gute Verdauung behalten und sehr dick werden.

Mich aber, mich, der ich einen heißen, sehnenden Drang nach einem Ereignisse in mir trage, von Kindheit an, mich tötet es.

Meine Wange glüht vor Sehnsucht, aber der Sturm des Lebens kommt nicht, der sie kühlen soll.«

Requiem

Sie haben irgendwann gelebt, und sind beide längst todt. Ich weiß, dass auf ihren vergessenen Gräbern der Frühling wildert, oder dass eine ahnungslose Weide sich über die steilen Tafelsteine neigt und im Maiwind mit zagen Fingern über die Namen tastet, wie um sie zu lesen. Die Schrift aber ist verweht und verwittert, und die gute Weide hütet die Namenlosen wie eine fremde Frau zwei verirrte Kinder. – Sie liegen nebeneinander, weil sie im Leben lange beisammen waren, weil schon im Licht jedem angst war vor dem Ganzalleinsein, und weil es gut ist, im feuchten kalten Unten liebe Nachbaren zu haben. Gerade jetzt wenn die Osterglocken wehn, und die dunkeln Wurzeln wie sonnengeweckte Kinder ihre braunen Arme dehnen, dehnen, greift vielleicht eine in die beide(n) leisen Herzen hinein und thut zusammen, was auf Erden sich nie finden konnte; und im hellen Tag wird eine Blume draus. –

Wie oft haben sie zusammen Blumen gebrochen. Sie ging immer langsam mit lächelndem Schauen den weißen Wiesenpfad; denn sie war viel älter, und die Herren sagten ihr schon fünf Jahre Fräulein. Darum konnte sie nicht mitten durch die Wiesenwellen laufen dem blassen zehnjährigen Knaben nach. Aber sie rief ihm irgendwann ein Wort, lachte ihm ein Lachen zu, oder kam, wenn er über vielen Vergissmeinnicht mit hastenden Händen säumte, licht und leise durchs Grün just auf ihn zu wie ein echtes, goldenes Märchen. Da kniete der Knab', und die kleinen blauen Blumen flatterten wie erfüllte Wünsche aus seinen erschreckten Händen. Die Weiße aber lachte ihn laut aus. Und dann gabs großes Zürnen und Grollen bei dem blassen Knaben über Schrecken und Spott und über die armen Vergissmeinnicht. Nicht lange freilich. Auf einmal schlich der Kleine neben ihr, streichelte zag ihre Hand und schenkte ihr soviel Blumen, dass der Sommerhut der Gespielin randvoll war. Das waren die schönsten Stunden für ihn. Blumensuchen war so gut. Man muss nichts erzählen dabei und versteht sich doch mit jeden Blick und muss nicht nebeneinander gehen und findet sich doch in jeder Weile wieder, und lachen kann man aus voller, heller Kehle, dass es wie eine Rakete springt in den lichtzitternden Himmel.

Und das hatte der blasse Knabe so selten dürfen. Kinder, die in ernsten, grauen Häusern aufwachsen, lernen schwer lachen. Sie hocken in den Ecken der kalten, hohen Stuben, drin die Stühle so ernst und alle Menschen so feierlich sind, als ob sie immer in breiten goldenen Rahmen stünden. Dunklen Augs staunen sie den Großen nach, die mit unverständlichem Eifer an ihnen vorübergehen und niemals ein Lächeln in die tiefen Zimmer mitbringen, selbst wenns draußen Frühling ist. Und kommt dann selten wie ein Sonnenstrahl, ein jubelmuthiger Mensch aus der hellen Welt in die frierende Stille so wogt Alles in den einsamen Kindern diesem Neuen zu und wiegt und schmiegt sich an ihren seligen Sinn wie das Morgenmeer an die tagende Küste. So hatte der Knab' die blonde Gespielin gefunden. Sie trug den ganzen Jubel des verklärten Weibes in sich. Sie war in der Zeit, wo jede wird wie eine wunderthätige Madonna, reich und gebend, und geweiht durch die Schauer der ersten Leidenschaft. Das sind die Tage des Traums: Die Augen grüßen über alle Grenzen hin das leuchtende Wunderland, die Lippen athmen Liebe aus allen Lüften, und in den weißen segnenden Händen ist ein Rosengefühl. Und die Stimme klingt immer wie tief aus dem Mai, und das Lachen singt silbern wie das Kieselkichern des Bachs, dort, wo es am Einsamsten ist. – Da kommt es mit tausendfältigem Ahnen über das erwachende Weib. Und wenn die Geliebte durch Dorfgassen geht, so weicht sie nicht mehr den schmutzigen kleinen Wurms aus, die an der Gosse spielen, wie früher; von ferne schon betrachtet sie das ungelenke Mühen der Händchen, lauscht dem Lallen und legt wohl, wenns Keiner sieht, eine Blume oder einen Apfel in den Schooß des scheuen Kindes und küsst ihm das Staunen aus den dummen Glurraugen und flüchtet mit heißen Wangen und wildem Herzen in einsame Wege ...

Der blasse Knabe liebte sie, weil sie gut war und weil sie so schön war, träumte er von ihr, und er war selig dabei. – Dann kam der seltsame Abend. Westliche Wolken schatteten auf dem Goldgrund des späten Himmels wie riesige nachgedunkelte Prophetenbilder. Die schmalen Pfade in dem dunklen Wiesenland hatten etwas Ewiges gewonnen und irre Schatten schwankten in die uferlose Dämmerung. Fern gingen Lichter auf, und Lichter verlöschten wie die Kerzen in einer Totenkammer. Die Umrisse einer fernen Stadt starrten wie Grabsteine in die nahe Nacht, und die Cypressen die in seltener Reihe den Weg begrenzten, schienen müde Mönche in hohen Kapuzen, die auf schwarzen Schultern den Nebelsarg mit dem toten Tag trugen. – Das sind die Stunden, wo alle Menschen scheu und schüchtern sprechen, wo die Kinder in den grauen Stuben kauern, und der Hund im Hof in feiger Furcht an der rostigen Kette zerrt. Und über diese Stunden bricht unvermittelt eine graue, eintönige Nacht herein.

Das Mädchen und der Knabe waren auf dem Heimweg. Sie gingen nebeneinander, als kämen sie vom Kirchhof. Dem Kind war bang, und gern hätte es sich an die liebe Gefährtin geschmiegt. Die aber hatte etwas hastiges und Fremdes. Und einmal war sie stehen geblieben und hatte die Blumen, die sie trug, geküsst und dabei waren ihre Augen so schlürfend geschlossen wie bei einem süßen, ersehnten Trunke. Beim Scheiden sagte ihr der scheue Knabe: Du, gib die Blumen keinem Fremden. –

Da staunte sie ihn an, und dann neigte sie sich jäh und presste die Lippen, lohheiß auf seine Wange. Es war ein schrecklicher Schmerz dieser Kuss. Athemlos starrte ihr das Kind nach. Und lange nachdem sie verschwunden war, schlich er hart an den Häusern nachhause. Im Entschlummern noch tippte der blasse Knab mit den Fingern nach der kusswunden Wange. Die Finger waren wie Eis. Nach kurzem schwülen Schlaf fuhr er aus glühenden Kissen. Da war ein Wunsch in ihm: Das brennende Gesicht ins weiche Thaugras betten. Und er fröstelte sich wach und kroch zu dem Fenster, das leise aufklirrte in die Nacht. Dort stand der blasse Knab und sehnte hinaus auf die weiten einsamen Wiesen.

*

Aus der Kindheit ins Leben leitet eine leise Brücke. Manche gehn hinüber kaum, dass sies merken und tragen drüben ihr Kinderkleid fort, lächerlich geflickt und gelängert. Wenige verschenken im Vorübergehen ihr Alles an die Bettler, die an der Brücke kauern, und kommen neu und arm in das Fremde hinein. Das sind die vor denen dann die letzten Thüren aufgehen in das Allerheiligste des ewigen Lebens.

*

Lange war ein Warten in dem blassen Knaben. Er wusste nicht worauf. Erst als sie kam, fühlte er, dass er auf sie gewartet hatte, damit er ihr das wirre Haar aus der Stirn streichen und die wunden Augen küssen könne. Sie legte das schwere Haupt in seinen Schooß, und ihre Lippe klang wie eine zerrissene Leier. Und er hatte keine Frage. Er fühlte sich älter werden in ihrem Weh. Er verstand nichts – aber er wusste, dass das fremde Leben, das an den Kinderstuben vorüberfließt, seine Thüre wie ein wilder tobender Strom durchbrochen hatte. – Er hat viel erlebt und wenn er es erzählt hat, muss er ein Dichter gewesen sein. Freilich die Gespielin hat ihm gefehlt auf seinem Wandern und in seinen Feiertagen. Sie hat nicht den Muth gehabt voranzugehen; sie war auch zu traurig fürs Leben. Sie ist früh gestorben. Die Thüre hat sie ihm doch aufgemacht. Und er hat ihrs gedankt. Sonst hätten sie ihn später nicht in die Arme derselben Weidenwurzel neben ihren Frieden gelegt. Es war sein Wunsch. –

Korrekturen des Herausgebers, sofern nicht von der Rechtschreibkontrolle gefunden, nicht berücksichtigt. Re.

Über tredition

Eigenes Buch veröffentlichen

tredition wurde 2006 in Hamburg gegründet und hat seither mehrere tausend Buchtitel veröffentlicht. Autoren veröffentlichen in wenigen leichten Schritten gedruckte Bücher, e-Books und audio-Books. tredition hat das Ziel, die beste und fairste Veröffentlichungsmöglichkeit für Autoren zu bieten.

tredition wurde mit der Erkenntnis gegründet, dass nur etwa jedes 200. bei Verlagen eingereichte Manuskript veröffentlicht wird. Dabei hat jedes Buch seinen Markt, also seine Leser. tredition sorgt dafür, dass für jedes Buch die Leserschaft auch erreicht wird.

Im einzigartigen Literatur-Netzwerk von tredition bieten zahlreiche Literatur-Partner (das sind Lektoren, Übersetzer, Hörbuchsprecher und Illustratoren) ihre Dienstleistung an, um Manuskripte zu verbessern oder die Vielfalt zu erhöhen. Autoren vereinbaren direkt mit den Literatur-Partnern die Konditionen ihrer Zusammenarbeit und partizipieren gemeinsam am Erfolg des Buches.

Das gesamte Verlagsprogramm von tredition ist bei allen stationären Buchhandlungen und Online-Buchhändlern wie z. B. Amazon erhältlich. e-Books stehen bei den führenden Online-Portalen (z. B. iBookstore von Apple oder Kindle von Amazon) zum Verkauf.

Einfach leicht ein Buch veröffentlichen: **www.tredition.de**

Eigene Buchreihe oder eigenen Verlag gründen

Seit 2009 bietet tredition sein Verlagskonzept auch als sogenanntes "White-Label" an. Das bedeutet, dass andere Unternehmen, Institutionen und Personen risikofrei und unkompliziert selbst zum Herausgeber von Büchern und Buchreihen unter eigener Marke werden können. tredition übernimmt dabei das komplette Herstellungs- und Distributionsrisiko.

Zahlreiche Zeitschriften-, Zeitungs- und Buchverlage, Universitäten, Forschungseinrichtungen, u.v.m. nutzen diese Dienstleistung von tredition, um unter eigener Marke ohne Risiko Bücher zu verlegen.

Alle Informationen im Internet: **www.tredition.de/Buchverlage**

tredition wurde mit mehreren Innovationspreisen ausgezeichnet, u. a. mit dem Webfuture Award und dem Innovationspreis der Buch-Digitale.

tredition ist Mitglied im Börsenverein des Deutschen Buchhandels.

Das komplette Archiv auf DVD

Die Gutenberg-DE Edition DVD enthält das komplette Archiv Gutenberg-DE als Offline-Version auf DVD. Die DVD ist im Internet erhältlich auf **http://gutenbergshop.abc.de**